KB060938

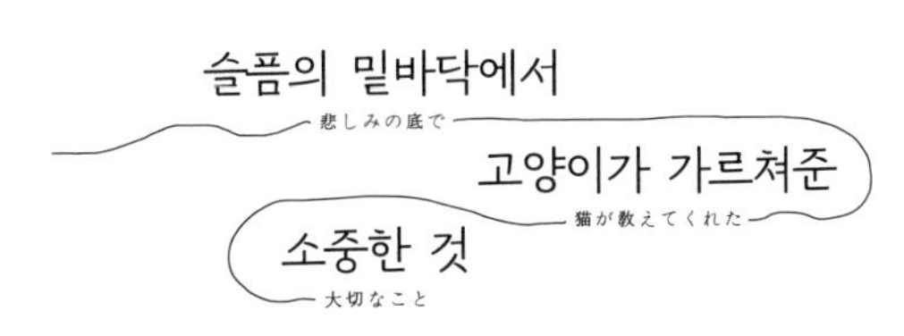
슬픔의 밑바닥에서
悲しみの底で
고양이가 가르쳐준
猫が教えてくれた
소중한 것
大切なこと

슬픔의 밑바닥에서 고양이가 가르쳐준 소중한 것

悲しみの底で猫が教えてくれた大切なこと

다키모리 고토 지음
손지상 옮김

자음과모음

차례

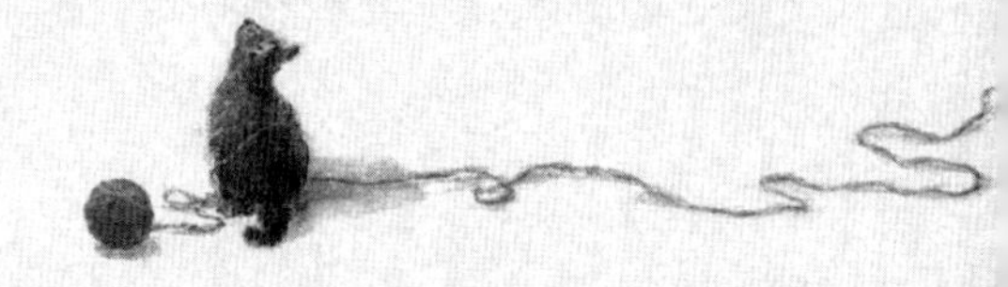

작가의 말

한국의 독자 여러분께

먼저 수많은 책 중에서 『슬픔의 끝에서 고양이가 가르쳐 준 소중한 것』을 선택해주셔서 진심으로 감사드립니다.

이 작품은 2015년 일본에서 출간된 책으로, 감사하게도 발매 반년 만에 10만 부가 판매되어 많은 독자 여러분과 마음을 나눌 수 있었습니다. 바다를 건너 만난 한국의 독자 여러분, 이 책을 읽어주신 여러분과의 인연을 비롯해 이 책에 관련된 모든 분께 깊은 감사를 드립니다.

이 작품은 다양한 환경에서 살아가는 고양이와 다양한 사연을 가진 사람이 작은 인연으로 만나 사람들의 마음이 움직이는 과정을 풀어낸 이야기입니다.

이야기 속에 등장하는 고양이들은 실제로 존재하는 고양이를 모티브로 하고 있습니다. 빈 아파트에 버려진 고양이, 가게에 붙어사는 고양이, 양동이 속에 있던 고양이, 지진으로 생이별한 고양이 등 실제로는 슬픈 결말을 맞이한 고양이도 이 이야기 속에서는 행복하면 좋겠다는 생각으로 소설을 쓰게 되었습니다.

살아가다 보면 슬픈 일을 겪게 되는 경우가 있습니다. 오래 살았든 아직 10년밖에 살지 못했든 나이에 상관없이 슬픔은 마음에 큰 얼룩을 남깁니다. 어쩌면 그 얼룩은 평생 지워지지 않을지도 모릅니다. 지금 이 순간에도 슬픔으로 인해 앞으로 나아가는 데 어려움을 겪는 사람이, 현실에서 벗어나고 싶다는 생각을 하는 사람이 있을 것입니다. 이 책을 다 읽을 때까지의 짧은 시간이나마 이 이야기 속 세계가 누군가에게 안식처가 될 수 있기를 바랍니다.

마지막으로, 저에게 고양이는 어릴 적부터 한 지붕 아래 살았던 형제 같은 존재이고, 말하지 않아도 마음을 터놓을 수 있는 친한 친구이기도 했습니다. 하지만 어떤 일을 계기로 이들을 지켜야겠다고 다짐하게 되었습니다. 그 이야기는 또 다른 기회에 말씀드릴 수 있으면 좋겠습니다.

얼마 전에 있던 일입니다. 차가 많이 다니는 건물 틈새에서 새끼 고양이의 울음소리가 들린다는 지인의 연락을 받았습니다. 상황을 들어보니, 새끼 고양이의 모습은 보이지 않고 소리만 들린다고 했습니다. 연락을 주신 분은 고양이를 보호해본 경험이 없고, 고양이를 유인하는 방법도, 잡는 방법도 잘 모르는데, 눈앞은 차가 많이 다니는 길이라고 했습니다. 만약 그곳으로 뛰쳐나가면…… 끔찍한 상황을 상상하며 새끼 고양이를 보호하고 싶다는 일념으로 건물 틈새를 향해 계속 말을 걸었다고 합니다.

그러자 그 모습을 본 지나가던 사람들이 목장갑을 주기도 하고, 새끼 고양이를 넣을 수 있는 큰 가방을 준비해주기도 하고, 경찰을 불러오기도 하고, 고양이를 유인하기 위해 페이스트 형태의 간식을 가져다주기도 했다고도 합니다. 새끼 고양이의 희미한 울음소리에 낯선 사람들이 마음을 하나로 모은 것입니다. 그렇게 사람들의 지혜와 도움으로 새끼 고양이는 무사히 구조되었다고 합니다.

"다키모리 씨! 고양이를 구했어요!"라는 지인의 연락을 받았을 때 느꼈던 기쁨과 안도감이 생생합니다. 참고로 형제 고양이나 어미 고양이는 보이지도, 울음소리가 들리지도 않았고, 그곳엔 새끼 고양이 한 마리만 있었다고 합니다. 이후 새끼 고양이는 지인의 집에서 보호하다 입양처를 찾았고, 며칠 후 아주 멋진 가족에게 입양되었습니다.

새끼 고양이의 이름은 '시엘'이라고 합니다. 프랑스어로 '하늘'이라는 뜻이라고 하는데요. 어둡고 좁은 건물 틈새에서 외롭게 지냈던 새끼 고양이가 앞으로는 넓은 하늘 아래에서, 가족의 품 안에서 행복하게 지내길 바라는 마음을 담았다고 합니다. 작은 생명을 살리기 위해 사람과 사람의 마음이 하나로 연결되는 기적. 온정의 연쇄에 가슴이 뭉클할 정도로 감동적인 사건이었습니다.

물론 사람의 마음을 움직이는 것은 고양이뿐만이 아닙니다. 속편으로 『고독의 끝에서 개가 가르쳐준 소중한 것』(마리서사, 2018)이라는 책도 있습니다. 함께 즐겨주시면 감사하겠습니다. 저도 여러분과의 인연을 소중히 여기겠습니다.

다키모리 고토

다키모리 고토 작가의 인스타그램
@koto_takimori

시엘의 현재 모습

2022년 6월 23일에 인스타그램에 올린 시엘에 대한 글입니다.
보호된 직후의 이미지와 동영상도 함께 올렸으니
참고해주시면 감사하겠습니다.

제1부

울지 않는 고양이

그날은 벚꽃 잎이 춤추는 4월 오후였다.

창밖으로 보이는 벚나무 가로수를 바라보며 담배를 피우고 있다, 고 말하면 멋있게 들릴지 모르겠지만, 여기는 도회지도 아니고 고급 펜트하우스 아파트는 더욱 아니다. 시골 한구석에 있는 파친코 가게 휴게실이다. 여태까지 망하지 않은 게 신기할 정도로 오래된 가게인데, 시간이 남아돌아 썩을 정도인 단골 덕에 근근이 이어가는 모양이다.

그리고 시간이 남아도는 손님 중 한 명이 창문 밖에서 내 이름을 부르고 있었다.

"고로, 거기 있지? 미이 먹이 거기에 둘 테니까 이따 좀 챙겨줄래? 미이가 지금 산책 간 것 같아서."

2층에 있는 휴게실 안까지 울려 퍼지는 그 목소리는 거의 매일 듣는다고 해도 과언이 아니다.

그녀는 올해로 환갑을 맞은 단골로 이 지역에서 철물점을 하는데, 이 가게에 눌어붙은 길고양이에게 매일 먹이를 주러 오고 있다.

나는 곧바로 담뱃불을 끄고, 그녀가 있는 곳으로 향했다.

"유미코 아줌마…… 길고양이한테 먹이 주지 말라고 몇 번이나 말했잖아요."

"그렇게 매정한 말 하지 말고……. 아, 맞다. 이 노트 잠시만 여기에 놔둘게."

"노트……?"

단골인 유미코 아줌마는 내 대답을 귀에 넣을 새도 없이, 가게 앞 벤치 위에 고양이용 습식 캔과 노트 한 권을 두고는 자전거를 타고 가버렸다. 몇 년이고 기름칠한 적 없어 보이는 그 자전거는 유미코 아줌마의 체중에 비명을 지르듯 끼익 끼익 소리를 냈다.

나는 벤치에 걸터앉아 다시 담배에 불을 붙였다.

상식을 갖춘 직장이라면 일터 앞에서 담배 피우는 종업원은 바로 목이 잘리겠지. 하지만 여기는 손님과 종업원이 친척이나 다름없는 사이인 작은 동네다. 이제 와 내 근무 태도를 두고 이러쿵저러쿵 말할 상사도 없거니와 거드름 피우는 손님도 없다. 젊은 놈 저거 또 일 땡땡이치고 있네, 하는 눈으로 쳐다보고 지나가는 정도다.

이처럼 지내기 편한 상황을 핑계 삼아 하루하루 맥 빠지게 보내기 시작한 지도 그럭저럭 3년이 다 되어간다. 나는 여태까지 마음 편한 인생을 살아본 적 없는 사람이지만, 인생에 대해 이러쿵저러쿵 뒤돌아보는 짓은 아직 하고 싶지 않다.

일단 입안에 담은 연기를 힘껏 뿜어내면서 유미코 아줌마가 놓고 간 노트를 팔락팔락 넘겼다.

노트 안에는 유미코 아줌마가 보호하고 있는 버림받은 개나 고양이의 사진과 그 동물이 어디서 어떤 식으로 구조됐는지 등의 경위와 특징 등이 상세히 적혀 있었다.

그 외에도 "이 아이들의 가족이 되어주실 분은 연락을……" 하며 꼼꼼히 집 전화번호까지 적혀 있을 정도였다.

소위 일종의 '입양 부모 찾기 노트'라는 거겠지.

이런다고 버려진 동물을 키우겠다는 사람을 쉽게 찾을 리가 없잖아. 이딴 노트나 만들고 있는 걸 보면 시간이 썩어나는 거야…….

한술 더 떠 "동물에 관한 질문이 있으면 무엇이든 편하게 물어보세요"라고 적힌 페이지까지 있었다.

읽기만 해도 한숨 나올 만큼 꼼꼼한 노트를 닫자마자, 길

고양이 미이가 "야옹" 하고 울면서 내 발로 다가와 몸을 비볐다.

나도 모르게 '왔어?' 하고 대답할 뻔한 나 자신을 부끄러워하면서, 유미코 아줌마가 두고 간 캔을 미이에게 주었다.

하지만 이 한 권의 노트가 이후 그토록 많고 많은 문제를 일으키게 될 줄은 놓고 간 유미코 아줌마를 포함한 어느 누구도 전혀 알지 못했다.

다시 일하러 가니 가게 안이 시끌시끌했다.

평소에는 장승처럼 가만히 앉아 있던 손님들이 여기저기서 일어서서 슬롯머신 쪽을 훔쳐보고 있었다. 그러자 모든 시선이 모이는 곳에서 고함 소리가 들려왔다.

"이 도둑고양이 같은 놈아! 남의 메달이나 좀도둑질하는 쓰레기 짓거리 당장 집어치워!"

마치 벼락 치듯 서슬이 퍼렇게 화내는 사람은 '동네 최고 부자'라 불리는, 이제 오십 줄을 갓 넘은 공인중개업체 사장 가도쿠라 씨였다.

아버지가 막대한 유산을 남겨주었다는 소문이 도는 한편, '한량 사장'이라는 뒷소문이 도는 사람이다.

땀 흘려 일한 적도 별로 없고 매일 파친코, 슬롯이나 하며 노는 사람인데, 이게 또 '될 팔자'를 타고났다고 할까. 어찌 됐든 뭐든 잘 풀리는 운 좋은 남자다.

의미 없이 하루하루 이어나가는 나와는 타고난 팔자가 다르다고나 할까. 여러 부동산을 관리하고 있는 가도쿠라 씨의 사업은 매년 승승장구한다고 들었다.

그렇게 될 팔자인 가도쿠라 씨는 오늘도 어김없이 슬롯머신에서 잭팟을 연발해서 의자 아래에 가득 찬 메달 상자가 몇 개나 쌓여 있었다.

"거, 상자 하나 가지고 되게 그러네. 그냥 하나 줘도 되잖아요. 좀생이 사장 같으니라고."

적반하장 막말을 내뱉으며 가도쿠라 씨에게서 훔친 메달 상자를 내던지듯 바닥에 내려놓는 남자는 이십대 초반의 프리터(プリーター)*인 히로무였다. 약삭빠른 성격으로, 분명 나보다 대여섯 살 아래인 걸로 기억하지만 단골 유미코 아줌마처럼 나를 "고로" 하고 반말로 부른다. 요새는 심부름센터 견습생 일을 하고 있기는 한데 이런 작은 동네에서 불륜 조사 의뢰가 자주 들어올 리도 없다 보니 놈팡이와 백수 집합소인 여기에 매일 찾아온다. 아무리 그래도 그렇지. 돈 떨어졌다고 남의 메달을 훔치려 들 줄은 몰랐는데.

물론 훔치는 것 자체는 나쁜 짓이지만, 가도쿠라 씨 저 양

* 정식 직업을 갖지 않고 아르바이트로 생활하는 사람을 뜻하는 조어.

반도 썩어 남을 정도로 돈이 많으면서 한 상자쯤은 줘도 좋을 텐데, 하는 생각이 들긴 한다.

그런 내 속마음이 나도 모르게 입 밖으로 튀어나왔나? 가도쿠라 씨가 나를 노려보면서 조용히 화내기 시작했다.

"어이, 거기, 이름이 고로였나? 지금 그거 무슨 뜻이야?"

"무슨 뜻…… 아뇨, 다른 뜻이 있는 건……."

"그런 경멸하는 눈으로 손님 쳐다보는 거 아냐."

"아니, 진짜 그런 뜻이 아니고……."

"너도 돈 갖고 싶냐? 갖고 싶으면 갖고 싶다고 말해. '음, 이 녀석이라면 돈을 그냥 줘도 좋겠군' 하는 생각이 들면 얼마든지 줄 테니까. 하지만 이런 금방이라도 무너질 것 같은 고리짝 파친코 가게에서 멍청하게 서 있기만 하는 네놈한테는…… 줘봤자 결국 뭐 사 먹고 뭐 하고 끝이지, 안 그래? 돈도 너 같은 놈한테는 가고 싶지 않을 거다."

내가 매일 멍청하게 서 있는 건 사실일지도 모른다. 하지만 남한테 이렇게까지 욕먹을 만큼 잘못한 적은 없다. 하물며 돈이 나한테 오기 싫어한다고? 돈이 사람처럼 마음이 있는 것도 아니고.

속으로 구시렁대고 있는데, 가도쿠라 씨는 마치 내 마음속을 읽기라도 한 양 눈을 빛내며 나지막하게 말했다.

"너…… 뭐 때문에 사는 거냐?"

나는 가도쿠라 씨가 던진 질문에 대꾸도 못 한 채, 말도 못 할 정도로 분하고 억울하기만 했다.

그러자 가도쿠라 씨는 아무 말 못 하는 내게 등을 돌려 히로무에게 가더니, 눈을 똑바로 보며 말했다.

"어이, 심부름센터, 좋은 거 하나 알려줄까? 자기 의지로 그냥 돈을 주는 거랑, 나쁜 마음 먹은 놈한테 도둑질당하는 거랑은 완전히 다른 거야. 하긴 눈앞의 일밖에 안 보이는 놈들한테 이런 말해줘봤자, 무슨 뜻인지 알 리도 없겠지만."

말을 마친 가도쿠라 씨는 다른 종업원을 부르더니 의자 아래에 쌓아놓은 메달 상자를 계산대로 옮겼다.

그날 퇴근길 내내 나는 가도쿠라 씨가 한 말을 되새겼다.

"너…… 뭐 때문에 사는 거냐?"라니. 내가 묻고 싶다. 태어나고 싶어서 태어난 것도 아니고, 그렇다고 해서 죽고 싶은 것도 아닌데.

돈도 꿈도 없지만, 그렇다고 해서 남한테 민폐 끼치고 사는 것도 아닌데, 생판 모르는 남한테 그딴 말이나 듣다니 정말 화가 났다. 아니, 내가 화내는 대상은 가도쿠라 씨가 아니라 나 자신일지도 몰랐다. 나는 사는 데 의미를 갖지 못하는 스스로의 인생에 화내고 있는 게 분명했다.

그러고 보니, 가도쿠라 씨가 얼마든지 돈을 주겠다고 했지. 진심일까.

설마, 메달 조금 훔쳤다고 그렇게 화를 내는 인간이 "이 녀석이라면 돈을 그냥 줘도 좋겠군" 하는 순간이 있을 리가 없지.

설령 진심이라고 해도, 나는 그딴 오만한 사람한테는 1엔도 받고 싶지 않다.

메달을 훔치려고 했던 히로무도 분명 그렇게 느꼈을 것이다.

*

심부름센터 견습생을 시작한 지, 이번 달로 3개월 차다.

제 몫을 다하는 데는 반년이 걸린다고 하는데, 그 기간이 지나면 월급 100만 엔도 꿈이 아닌 모양이다. 이렇게 작은 마을에서 정말 그 정도로 벌 수 있을지 의심스러운 구석이 없지는 않지만, 지금까지 되는대로 막 살아온 나 같은 놈을 고용해주는 데는 여기 말고 없다.

시간이 얼마나 걸릴지는 모르겠지만 언젠가는 출세해서 잘나가는 게 내 꿈이니까. 출세해서 나를 버리고 간 엄마에게 복수할 거니까…….

엄마는 불륜을 저지른 끝에 미혼모인 채로 나를 낳고, 결국에는 학대하다 보육원에 버렸다. 두 살인가 세 살 때 뺨을 엄청 세게 얻어맞은 적이 있다. 아프다기보다 뜨거웠다고 할까……. 기억나는 건 그 한 번뿐이지만, 매일같이 나를 때렸던 게 분명하다.

하지만 얻어맞은 일보다 더 잊을 수 없는 기억이 있다. 딱 한 번, 엄마가 꼭 안아준 것. 뺨의 아픔은 세월이 흐르며 흐릿해졌지만, 품에 안겼을 때 느낀 따스함은 지우고 싶어도 지워지지 않는다.

엄마의 얼굴도 기억나지 않고 나이도 이름도 모르지만 품에 안겼던 바로 그때, 말할 수 없을 정도의 따스함과, 부드러움과, 좋은 향기를 느꼈다.

어쩌면 그날은 보육원에 날 버린 날이었을지도 모른다. 엄마와의 마지막 기억이라 내 안의 무의식이 지우고 싶지 않은 걸까…….

초등학생이 될 때까지는 한 번만 더 안아주었으면 하고 꿈꾸기도 했지만, 어느 순간부터 복수하겠다는 꿈으로 변해 갔다. 보육원에서 세 살인가 네 살을 먹을 때 즈음에는 세상에 자립하기 위한 한 걸음을 내딛어야만 했다.

공부가 싫었던 나는 고등학교에 들어갈 생각은 머릿속 어디에도 없었다. 열다섯이 되자 보육원을 뛰쳐나왔다. 보육원에서부터 도둑질을 반복했고, 남의 돈을 훔치는 데에 죄책감 같은 것은 느끼지 않게 되었다.

물론 보육원에도 똑바로 사는 놈은 있다. 나처럼 부모 얼굴을 몰라도 열심히 공부하는 놈도 있다.

어찌 되었든 돈 훔치며 사는 데는 한계가 있다. 그래서 무슨 짓을 해서라도 돈을 벌고 싶다. 벌고, 불려서, 출세해서 잘나갈 거다.

생각은 그런데, 나도 모르게 옛날 버릇이 나와 파친코 가게에 항상 있는 그 사장의 메달을 훔치려 들고 말았다. 역시 사람은 쉽게 변하지 않는 모양이다…….

그러고 보니 그 사장, "자기 의지로 그냥 돈을 주는 거랑, 나쁜 마음 먹은 놈한테 도둑질당하는 거랑은 완전히 다른 거야"라고 했는데 도대체 무슨 뜻이지. 도둑맞든 그냥 주든 돈이 없어지는 것은 똑같은데.

돈 달라고 솔직히 말하면 주겠다고 했지만, 정말 줄까.

이런저런 생각을 하던 중에 아까 심부름센터 사장한테 한 통의 전화가 걸려왔다.

내게 일을 하나, 그것도 단독으로 맡기겠단다.

단독으로 맡기겠다는 말은 당연히 보수도 나 혼자 차지한다는 뜻이다.

견습생 3개월 차한테 무슨 일을 맡기겠다는 걸까. 설레발일지도 모르지만, 나는 벌써 출세를 향해 한 걸음 내딛은 기분이 든다.

*

오늘은 가게 안 분위기가 어딘가 평소와 달랐다.

입구 옆 벤치에 걸터앉아 한 대 피우려는 순간, 평소와 무엇이 다른지 깨달았다. 검은 유니폼 바지 엉덩이에 하얀 페인트가 묻어 있었다. 낡고 더러웠던 벤치가 하얗게 칠해져 있었다.

"칠을 새로 했으면 조심하란 표시 정도는 해두라고……."

단골들의 웃음거리가 되기 전에 유니폼을 갈아입으려고 탈의실로 향하던 도중, 휴게실 테이블 위에 '입양 부모 찾기 노트'가 놓여 있는 것을 발견했다.

며칠 전 단골 유미코 아줌마가 두고 간 노트다.

노트 겉장에는 하얀 페인트의 작은 손자국이 찍혀 있었다. 벤치에 앉으려다 나랑 똑같은 사고를 당한 사람이 또 있는 모양이지.

그런데 아무리 봐도 어린아이의 손자국이었다. 단골이 애를 데리고 온 걸까. 요새는 어린아이 출입을 엄하게 단속해서 잘 안 보이는데…….

나는 옷을 갈아입어야 한다는 사실을 순간 잊어버리고, 작은 손자국이 찍힌 그 노트를 열었다. 이런저런 고양이 정보가 며칠 전보다 늘어나 있었다. 페이지를 넘기다가 기묘

한 코멘트가 적혀 있는 것을 발견했다.

고양이는 밥을 며칠 안 먹으면 죽나요?

마치 글자를 배운 지 얼마 안 된 듯한 겨우겨우 쓴 글씨였다. 표지에 손자국을 남긴 아이가 장난삼아 써놓은 것인지도 모른다.

어쨌든 나랑은 관계없는 일이라고 생각해, 노트를 덮고 탈의실로 가려는 그때 바지 주머니 안에서 진동이 울렸다.

엉덩이에 하얀 페인트가 묻은 바지에서 휴대폰을 꺼내 보니, 심부름센터 견습생 히로무가 건 전화였다.

얼마 전에 가게 단골들과 근처 선술집에서 한잔하다가 전화번호를 교환한 뒤로 히로무는 가끔씩 전화를 걸어오곤 했다.

그 순간 나는 며칠 전 있었던 사건이 떠올랐다. 히로무가 가도쿠라 씨의 메달을 훔치려던 사건과 관계된 무슨 문제가 벌어지기라도 한 것일까.

하지만 통화 내용은 예상과 완전히 다른 용건이었다.

"고로, 살려줘……."

당장이라도 울음을 터트릴 것 같은 히로무의 목소리로 미루어 보아 무언가 사건에 휘말린 듯 겁에 질린 듯했다. 나는 바지를 갈아입을 새도 없이 히로무가 있는 곳으로 전속력으로 달렸다.

히로무가 바닥에 주저앉아 꼼짝도 못 하게 된 그곳은 내가 일하는 파친코 가게에서 500미터 정도 떨어진, 지은 지 30년쯤 된 연립주택의 어느 방이었다.

2층 맨 끝에 있는 205호실에서 기다리고 있던 히로무는 내가 현관문을 열자 곧바로 내 옆으로 와 주저앉았다. 그리고 어린아이처럼 매달리는 목소리로 말했다.

"고로! 고마워……."

나는 하나하나 사정을 캐물었다.

"여기, 네 집이냐?"

"아니…… 고객 집."

히로무는 고개를 가로저으며 말했다. 그러고는 벽장 쪽을 가리키며 다시 말했다.

"저기 안 좀 봐줘."

"시체라도 발견한 거냐?"

나는 농담과 함께 히로무의 어깨를 두들겼지만 한편으로 진땀을 흘리며 벽장의 미닫이문을 손으로 잡았다. 3분의 1 정도 열린 미닫이문은 습기를 먹어 휘어 있었지만 양손으로 힘주어 미니 털컹, 하고 한 번에 열렸다.

연 것까지는 좋았는데, 안쪽에 회색빛이 도는 물체가 보였다.

"저, 고로…… 그거, 고양이…… 맞지?"

휴대폰 화면의 불빛을 비춰보니 그 물체는 히로무가 말한 대로 크기가 조금 큰 고양이 같았다. 페르시아 쪽 피가 들어갔는지 회색빛이 도는 장모종 고양이였다.

하지만 전혀 움직일 기색 없이 고개를 숙인 채 웅크리고 눈을 감고 있었다.

"히로무…… 이 고양이랑 네가 하는 일이랑 무슨 관계라도 있는 거냐?"

"으응, 엄청 있어. 그 녀석을 동물 인수 업자한테 넘기는 게 내 이번 일이거든."

"업자한테…… 넘긴다고?"

"맞아. 잘 넘기기만 하면 사장이 3만 엔 주기로 했어."

"3만 엔이나? 그냥 고양이 한 마리 잡아다 넘기는 일에? 게다가 살았는지 죽었는지도 모르는 이런 고양이를?"

"응……. 보수는 이 연립주택 주인한테 이미 받았나 보더라고. 이제 이 케이지에 넣어서 넘기는 일만 남았다고 했어."

히로무는 더듬더듬 진실을 고백하기 시작했다.

"근데…… 나 고양이가 좀 그래."

"뭐가 좀 그런데?"

"왠지는 모르겠는데, 고양이는 못 만져……."

"그럼 왜 이런 일을 하겠다고 한 거야?"

"어쩔 수 없잖아. 심부름센터 일 시작하고 처음으로 혼자 전담한 일이란 말이야……. 완전 의욕 충전됐거든. 아, 드디어 제대로 돈을 버는구나, 하고 생각하니까 한 발 앞으로 나아간 기분도 들고. 나도 할 땐 하는 놈이다…… 두고 봐…… 생각하던 일이 실현될 것 같은 기분……. 형은 내 맘 알잖아, 그치? 엄마한테 한 방 먹이고 싶은 이 기분, 형은 알잖아."

나는 히로무와 자라온 환경도 성격도 다르지만, 단 한 가지 공통점이 있다.

어머니에게 버림받았다는 과거.

그래서 히로무와는 단순히 단골과 종업원이라기보다, 어딘가 모르게 형제 같은 느낌이 드는지도 모른다. 그 때문인지 몰라도 나보다 어린 녀석이 반말로 "고로" 하고 불러도 별로 기분 나쁘지 않았다.

어린 시절의 씁쓸한 추억을 되새기고 있는 사이, 히로무가 내 앞에다 케이지를 놓았다.

"고로, 가게 앞에서 길고양이 키우지? 그러니까 고양이 만질 수 있지? 저 녀석 좀 꺼내주라."

"뭐?"

"제발! 고로, 아니, 고로 형! 사람 하나 살린다 생각하고…… 아니, 고양이 하나 살린다 생각하고! 평생소원이야!"

히로무는 기도라도 하듯 내게 두 손 모아 빌기 시작했다.

새삼 연립주택 안을 살펴보니, 부자연스러울 정도로 물건이 없었다. 커다란 가구나 텔레비전에는 압류 딱지가 붙어 있었고, 사람이 사는 기색은 전혀 느껴지지 않았다.

"히로무, 혹시 이 집 사는 사람들…… 몰래 튄 거야?"

"으응, 사장이 그렇다고 했어."

"동물을 두고 가다니, 대체 무슨 생각을 하고 사는 거야? 게다가 이 상태면…… 두고 간 지 하루 이틀 된 게 아닌 것 같은데."

"고양이도 물건이라 이건가."

건방진 말을 할 처지의 사람은 아니지만, 이렇게 좁은 벽장 속에 웅크리고 있는 고양이를 아무렇지 않게 두고 가는 사람만은 되고 싶지 않다. 혹시 고양이가 죽기라도 한다면……. 그건 이대로 여기에서 썩어가는 걸 알고도 못 본 체하겠다는 거나 다름없다.

설사 죽었다고 하더라도 최소한 땅에 묻어는 주자고 생각한 나는 용기를 내 벽장 속에 손을 넣어 웅크린 고양이를 살짝 안아 올렸다.

"따뜻해……."

장모종이라 겉보기엔 커다랗게 보였지만, 거의 아무것도 먹지 못해 몸이 상당히 가벼워 2킬로그램도 채 안 나갈 것 같았다.

앙상하게 마른 고양이는 내 팔에 안기자 천천히 눈을 떴다. 눈이 부신지 눈을 가늘게 뜨면서도 품 안에서 내 얼굴을 똑바로 올려다보았다.

"고로…… 그 고양이, 살아 있어?"

"응, 살아 있어……. 장하네."

한겨울이 아닌 게 천만다행이긴 하지만, 아무리 그래도 먹지도 마시지도 않고 어떻게 며칠을 견뎌온 걸까.

고양이를 싫어한다는 히로무도 쭈뼛쭈뼛 다가와 고양이 얼굴을 살펴보았다.

"이 녀석…… 귀엽다."

"응, 그러네. 쓰다듬어줘."

"할퀴지 않으려나?"

"할퀼 기운이나 있겠냐?"

히로무는 고양이의 회색빛 머리를 살짝 쓰다듬었다.

"포근해……."

그리고 몇 번이고 몇 번이고 부드럽게 쓰다듬었다. 히로무가 한 가지 사실을 알아차렸다.

"이 녀석, 왜 안 울지? 보통 쓰다듬으면 야옹, 하지 않아?"

히로무의 말에 일리가 있었다. 가게 앞에 있는 길고양이 미이도 유미코 아줌마가 쓰다듬으면 언제나 응석 부리는 목소리로 운다. 하지만 이 고양이는 벽장에서 꺼낼 때도 입을 열 기색이 안 보였다.

"배가 고파서 목소리가 안 나오는 건가……."

히로무가 말했다.

어쩌면 그럴지도 모른다. 어쩌면 울다 지쳐 목이 쉬어버렸는지도 모른다.

아니, 이 고양이는 울지 않는 것도, 울지 못하는 것도 아니다…….

우는 걸 그만둔 거다!

자기를 버리고 떠난 주인을 기다리고 또 기다려도 돌아오지 않는 나날이 계속되자, 언제부턴가 버림받았다는 현실을 깨달았겠지.

아침 햇살도 희망찬 빛도 없는 벽장 속에서 숨을 죽이고 목숨이 다하기만을 가만히 기다릴 수밖에 없었던 거다.

나는 이 고양이에게 친근감을 느꼈다. 어렸을 때 나와 아버지를 버리고 간 어머니가 꼭 돌아올 거라 믿고 기다리던 그 나날처럼 이 고양이도 분명 주인의 따뜻한 손을 계속 기다리고 있었을 게 분명하다.

엉망진창으로 변해버린 부엌 한구석에서 고양이용 캔 하나가 굴러다니는 것을 히로무가 발견했다. 우리는 캔을 까서 안에 든 먹이를 먹기 좋게 조금 떠 바닥에 올려놓았다. 고양이는 섬약한 모습으로 먹이를 조금씩 먹기 시작했다.

그 모습을 보자 나는 문뜩 궁금해졌다. 동물 인수 업자는 이렇게 쇠약해진 고양이를 정말로 인수하려 들까. 인수해서 도대체 뭘 하려는 걸까.

고양이는 밥을 며칠 안 먹으면 죽나요?

유미코 아줌마가 두고 간 노트에 쓰인 기묘한 질문도 누군가 두고 간 고양이를 생각하며 썼을지도 몰라. 아니, 어쩌면…….

"왜 그래, 고로?"

"히로무, 이 집에 애도 있었대?"

"글쎄…… 우리가 야반도주시킨 게 아니라서 자세한 이야기는 못 들었는데."

나는 다시 한번 실내를 살펴보았다. 혹시 어린아이가 살았다면 노트에 글을 쓴 아이가 이 집 아이일 가능성이 아예 없지는 않다.

부모님 사정으로 두고 간 고양이가 살아 있나 걱정되어

그 노트에 적은 건 아닐까. 유미코 아줌마가 쓴 "동물에 관한 질문이 있으면 무엇이든 편하게 물어보세요"라는 메시지를 보고, 거기에 적어놓으면 고양이를 도와 수 있지 않을까 기대를 품었는지도 모른다.

방을 한번 죽 살펴보기는 했지만 역시나 남아 있는 물건이 거의 없었다. 가져가기 힘든 대형 가구와 텔레비전, 그리고 쓰레기통이 몇 개 굴러다니는 정도…….

그런데 쓰레기통 안에 접힌 종이 한 장이 있었다.

"혹시……."

종이를 펴보니 두고 간 고양이가 그려져 있었다.

누가 보아도 어린아이가 그린 그림이었는데, 폭신폭신한 회색빛 긴 털이나 털의 일부분이 하얗게 된 것 등이 매우 꼼꼼하게 묘사되어 있었다. 게다가 만화처럼 "야옹"이라고 적힌 말풍선도 달려 있어, 얼마 전까지만 해도 이 고양이가 다른 고양이들처럼 울 줄 알았다는 것을 짐작할 수 있었다.

그림 속의 고양이는 목에 인식표를 달고 있었고, 인식표에는 '라이트'라고 적혀 있었다. 분명 이 녀석의 이름이겠지. 두고 갈 때 뗐거나 떨어져버렸는지는 모르겠지만, 어찌 되었든 이 집에 살던 아이는 이 고양이를 소중하게 여겼던 게 분명하다.

"히로무, 여기 잠깐 있어."

"어? 어디 가?"

"금방 올 테니까, 업자가 인수하러 와도 그 고양이 주지 마!"

고양이가 먹이를 먹고 있는 동안 나는 다시 한번 그 노트를 확인할 생각이었다.

어쩌면 무언가 덧붙어 있을지도 모르고, 쓴 아이가 아직 근처에 있을지도 모른다. 어느 경우든 간에 고양이가 살아 있는지 걱정돼서 되돌아온 것은 확실하니까. 지나가던 파친코 가게 앞에서 미이를 쓰다듬어주다가 그 노트를 발견하고 SOS처럼 메시지를 남겼을 거라는 억측이 내 머릿속에서 점점 부풀었다.

나는 바지 엉덩이에 묻은 하얀 페인트 따윈 잊어버린 채 전속력으로 가게로 달렸다.

*

야반도주한 지 2주가 지났다.

일하던 바에서 만난 손님을 통해 관련 업자를 소개받았는데 준비 과정에서부터 이사 갈 곳까지 솜씨 좋게 척척 진행해줘서, 우리 모자가 인생을 재출발할 수 있게 되었다. 물론 이런 식으로 재출발하는 게 좋은 일이 아니란 건 나도 알고 있다……. 하지만 친구 보증을 잘못 섰고 그 친구에게 배신당해 평생 일해도 갚지 못할 빚을 지게 된 나는 아들과 동반 자살까지 생각했었다.

마침 평상시 어려운 일이 있으면 상담을 해주던 가게 손님이 "목숨을 버리기 전에 과거를 버리는 게 어떠냐?"라고 이야기해주었고, 거기다 야반도주를 도와줄 업자까지 소개해주었다.

나는 아주 조금이기는 하지만 희망의 빛이 보이는 기분이 들어 가슴이 떨렸다.

살 수 있어……. 앞으로도 아들과 함께 살 수 있어…….

내가 연대 보증인이 되어준 친구는 돈 문제만 배신한 게 아니라 내 남편도 빼앗아 갔다. 남편과 친구가 그런 관계가 되어 있을 줄은 생각도 하지 못했고, 친구를 도울 수만 있다면, 하는 생각에 연대 보증인이 됐다. 물론 보증인이 되었을 때는 아직 둘이 그런 관계가 아니었는지도 모른다. 그러나 두 사람이 사라지기 직전에 빚 500만 엔을 추가했다고, 사채 회사 쪽 사람이 말했다. 아마도 둘이 새로운 생활을 시작하기 위해 급히 돈이 필요했겠지. 그렇게 둘은 막대한 빚을 남기고 사라져버렸다.

혼자 남은 빚을 갚아가며 아들을 키워야 하는 지옥 같은 현실 속에서 살아갈 의미를 찾기란 불가능했다.

남편과 친구가 사라지고 2개월이 지났을 무렵 빚 독촉은 점점 더 심해졌다. 낮에 하는 일만으로는 도저히 그 돈을 변제해내기 어려워, 아들이 잠든 몇 시간 동안만이지만 바에서 일하기 시작했다. 그렇게 노력했어도 이자만 겨우 갚는 하루하루가 이어지자 나는 진심으로 동반 자살을 생각했다.

때문에 손님이 말한 "목숨을 버리기 전에 과거를 버리는 게 어떠냐?"는 말은 마음 깊은 바닥에서 울렸다. 그래, 버려 버리면 되는 거야……. 다시 태어나 아들과 둘이서 살아가면 되는 거야…….

한 가지, 이사 갈 곳의 문제로 동물은 절대 데려갈 수 없다고 해서 키우던 고양이 라이트를 두고 가야만 하는 점이 마음 아팠지만, 아들을 지키기 위해서는 할 수 없는 일이라고 마음을 굳게 먹고 인식표를 떼서 방에 두고 왔다.

혹시 밖에 나가 살게 되더라도 그 아이라면 분명 주인을 찾을 거라고 생각했다. 얼굴도 귀엽고 성격도 온화하고 무엇보다 혈통서 붙은 페르시아고양이니까……. 그렇지만 만일 다른 사람이 발견했을 때 인식표가 붙어 있으면 키우던 고양이라고 생각해서 데려가지 않을지도 몰랐다. 그래서 인식표를 떼고 작별을 고했다.

되돌아보면, 나는 겉치레만 신경 썼고 허세만 부렸다.

액세서리도 고양이도, 브랜드를 고르면 실수할 리 없다고 생각했다. 작은 빌딩 청소부로 일하던 남편과 슈퍼에서 아르바이트를 하던 내 급료로는 작고 좁은 연립주택을 빌려서 사는 게 고작이었지만, 이렇게 산다고 아들이 바보 취급당하지 않도록 비싼 브랜드로 몸을 감싸 콤플렉스를 메우려 들었다.

참관 수업 날에는 고급 정장을 입었고, 집 내부는 안 보이게 페르시아고양이 사진을 찍어 블로그에 올리기도 했다. 이렇게 노력해왔는데 그 망할 놈이 날 배신하다니……. 절대로 용서 못 한다.

하지만 허세가 아니라 정말로 돈이 있었다면 이런 꼴은 안 당하고 살았을 텐데……. 남편이나 친구한테 배신당할 일도 없었을 거고, 아들에게도 비참한 마음이 들지 않게 해주었을 텐데…….

이런저런 일을 생각하면서 새 직장으로 출근할 준비를 하는데, 야반도주를 도와주었던 업자에게 전화가 왔다. 뜻밖에도 혈통서 붙은 고양이를 비싸게 사줄 사람이 있다고 했다.

야반도주한 지 2주나 지났기에 고양이가 살았는지 죽었는지조차 몰랐지만, 혹시라도 아직 그 방에 살아 있다면 돈으로 바꾸고 싶었다. 1엔이라도 좋으니 나는 돈이 필요했다.

업자 말로는 고양이를 사겠다는 사람은 20만 엔이나 낼

용의가 있다고 했다. 그냥 펫 숍에서 분양받는 게 더 싸지 않나, 하는 생각도 들었지만, 부자가 무슨 생각을 하고 사는지 나로서는 알 도리가 없다.

곧바로 살던 동네의 심부름센터에 연락해 고양이를 그 사람에게 넘겨주라고 부탁했다. 이미 현금으로 20만 엔을 받아버려서, 제발 살아 있기를 바랐다.

게다가 업자는 고양이를 팔아 받은 돈을 계약금 선불로 걸어 자동차를 사라고 권했다. 혹시라도 지금 사는 곳이 빚쟁이에게 들켰을 때 언제 어디로든 도망갈 수 있도록 차는 꼭 가지고 있는 편이 좋다고 했다. 오늘 저녁에 나처럼 사연 있는 사람에게도 유연하게 응대해주는 중고차 회사를 소개해주겠다고 했다.

나는 다시 태어날 거다. 돈 때문에 고생만 하던 인생에서 졸업하기 위해, 사랑이니 우정이니 하는 것은 더 이상 믿지 않겠다.

돈만 있으면, 아들이 비참한 삶을 살게 할 일도 없다. 우리 모자가 행복하게 살게끔 해주는 건 돈밖에 없으니까…….

*

벽장 속에 있던 라이트라는 이름의 고양이는 분명 사랑

받고 살았다.

그 그림을 보면 아무리 그림 볼 줄 모르는 사람이라도 그 마음을 읽을 수 있을 것이다.

동물 인수업자에게 넘기기로 했다는데, 혈통서 붙은 동물을 번식시키는 브리더 같은 업자일까. 잘은 모르겠지만 어쨌든 "고양이는 밥을 며칠 안 먹으면 죽나요?"라고 노트에 적어놓은 아이에게 라이트가 살아 있다는 사실을 알려주어야만 한다…….

지금이라면 아직 늦지 않았다. 두고 간 고양이가 죽어버리면 죽게 내버려두었다고 평생 후회하며 살게 된다. 호들갑일지도 모르지만 한 번 생겨버린 마음의 상처는 그리 쉽게 지워지지 않는다. 하물며 살아 있는 생명을 죽게 내버려둔 상처는 절대 아물지 않을 것이다.

나는 어릴 때부터 지울 수 없는 후회와 함께 살아왔다. 후회를 안고 사는 인생은 슬픔이라는 이름의 해저를 헤엄치는 것처럼 눈앞은 캄캄하고 숨은 계속 조여온다.

그 연립주택에 살고 있던 가족이 어떤 사정으로 산 생명을 두고 떠났는지는 모르지만, 적어도 고양이가 아직 살아 있다는 사실은 전하고 싶다. 아니, 전하지 않으면 안 된다. 그런 감정에 휩싸여 있었다.

일하는 파친코 가게에 도착해보니 노트는 아까처럼 휴게

실 테이블 위에 놓여 있었다. 요새 단골들에게는 한 대 태우는 동안 시간도 죽일 겸 이 노트를 읽는 습관이 생겼다. 그렇다고 해서 누군가가 동물을 맡아 기르겠다고 나선 적은 아직 한 번도 없다.

나는 노트를 펴고 "고양이는 밥을 며칠 안 먹으면 죽나요?"라는 문장 옆에 답을 적었다.

라이트는 아직 살아 있어! 죽으면 다시는 못 만난다! 연락해.

080-XXXX-XXXX

그러자 평소처럼 파친코를 하러 온 유미코 아줌마가 나를 나무랐다.

"야! 고로! 낙서하지 마! 동물한테는 목숨이 달린 노트란 말이야."

"그런 게 아니라……."

"아니면 됐고. 실은 요새 고양이를 막 데려가는 사람이 있어서……."

"막 데려간다고요?"

"데려간 다음에 잔인한 짓을 해서 그걸 비디오로 촬영한 다음 비싸게 파는 모양이야. 그러다 펫 숍에 얼굴이 팔려서 고양이를 못 사게 되니까 이제는 버려진 고양이를 주워 오는 사람한테 사고 있대. 특히 혈통서 붙은 고양이는 손에 넣기 꽤나 어려워서, 건강 상태가 어떻든 간에 비싸게 산다더라고. 이 노트를 잘 관리해서 그런 사람 손에 고양이가 들어가지 않도록 하고 싶어."

혈통서 붙은 고양이는 건강 상태가 어떻든 간에 비싸게 산다고……?

"저기, 유미코 아줌마. 그놈 이름 알아요?"

"요 앞 반려동물 가게 점장 말로는 본명인지 가명인지는 모르겠지만 요시자와(ヨシザワ)라는 이름으로 수상쩍은 전화가 온 적이 있대……."

나는 곧바로 히로무에게 전화해, 넘겨주기로 약속한 업자의 이름을 확인했다.

안 좋은 예감이 적중하고 말았다. 유미코 아줌마가 알려준 이름과 히로무가 약속한 업자의 이름이 일치했다. 다만 아직 거래는 성사되지 않았다. 나는 대강 사정을 설명하고 절대 고양이를 넘기지 말라고 히로무에게 거듭 당부했다. 그리고 노트를 덮은 후 곧장 연립주택으로 돌아갔다.

히로무가 기다리는 연립주택에 도착하자 왜건 한 대가 사라지고 있었다. 계단을 올라가 실내에 들어가보니 텅 빈 고양이 캔이 덩그러니 놓여 있을 뿐 라이트의 모습은 보이지 않았다.

"히로무, 너 설마……."

"할 수 없잖아. 일단 인수하는 이유를 들어보니까 입양하고 싶다는 사람에게 전달하려는 거고, 소중히 다루겠다고 했어. 사람도 되게 좋아 보였고, 고양이도 싫어하지 않았단 말이야……."

"몸이 그렇게 약해져 있는데 저항할 기운이 있었겠어?"

"게다가 그 고양이 주인한테 이미 대금을 줬대. 그러니까, 돈을 돌려주지 않으면 고양이도 줄 수 없댔어."

"일단 묻자. 얼마 줬대?"

"20만 엔."

"뭐? 그렇게 쇠약해진 고양이를 20만 엔이나? 아무리 생각해도 수상쩍은데?"

"그런가? 근데 고로…… 너 너무 깊게 생각하는 거 아닌가 싶은데."

"……."

"게다가 일단 내 일은 무사히 끝난 거니까, 고양이도 분명 괜찮을 거야."

"분명 괜찮을 거라고?"

"에이, 그만해. 나도 일적으로 신용 잃고 싶진 않단 말이야. 사장하고 신뢰 관계도 있고, 하겠다고 말한 일을 내 마음대로 안 해버리면 더 이상 일을 안 줄지도 모르잖아, 안 그래?"

"너 이 자식, 그렇게까지 돈 벌고 싶다 이거냐? 악덕 업자한테 동물 팔아넘기고 번 돈으로 뭐가 하고 싶은 건데?"

"난 그냥…… 항상 말하는 것처럼 출세하고 싶을 뿐이야. 돈 버는 법을 배우면, 내 손으로 회사 차려서 부자가 될 거야. 오늘은 그 첫걸음이란 말이야. 아까 업자도 이런 건수 있으면 같이 일하게 또 연락 달라고 명함도 줬어."

"히로무, 너한테 그 출세라는 게 도대체 뭐냐? 돈 많이 버는 게 출세냐? 자기 버리고 간 엄마한테 복수하기 위해서라면 무슨 수단으로든 돈 벌면 장땡이다, 이거야? 그러면 도둑질하고 돈 안 내고 먹고 튀던 시절이랑 뭐가 다른데?"

"고로, 네가 그런 말도 하고 그렇게 훌륭하신 양반인 줄 몰랐네. 어차피 여기 둬도 굶어 죽을 게 뻔한 고양이였어. 어차피 살지 죽을지 모르는 삶이라면, 악덕 업자든 아니든 간에 서로 좋은 게 좋으니까 주고받는 게 당연히 훨씬 낫잖아?"

"말 함부로 하지 마, 인마……. 정말 그렇게 생각한다면, 그건 그냥 너한테 편하고 이득일 뿐인 거잖아?"

히로무와 만난 지 3년이 되었지만 이렇게 말다툼을 한 것은 처음이었다.

나는 딱히 고양이를 좋아하는 편도 아니고 유미코 아줌마처럼 보호 활동에 흥미가 있는 것도 아니다. 그저 불행해질 걸 뻔히 아는 목숨을 보고도 못 본 체하고 넘기는 것은 나 자신에게 또 다른 후회를 남기는 짓이라 생각했다.

히로무와 벌이는 말다툼을 가로막기라도 하듯 내 휴대폰이 울렸다.

주머니에서 꺼내 번호를 확인하니 공중전화에서 걸려온 전화였다.

"네, 여보세요?"

"……."

"여보세요?"

"저기……."

"누구시죠?"

"라이트가 아직 살아 있다는 거…… 정말이에요?"

유토라고 자기 이름을 밝힌 어린 소년은 연립주택에서 고작 30분 정도 떨어진 공원에 있다고 했다.

히로무는 사무소에 돌아가겠다고 했지만 녀석이 한 짓 때문에 슬퍼하는 사람이 있다는 것을 느끼게 해주고 싶어서 공원까지 끌고 갔다.

그다지 큰 공원도 아닌데, 안에 있어야 할 소년의 모습이 보이지 않았다.

"고로, 그거 장난 전화 아냐?"

출구로 향하려는 히로무를 불러 세우고 공원 안을 한 바퀴 더 돌았다.

그러자 초등학교 3학년 정도 되어 보이는 남자애가 공중 화장실 문을 빼꼼 열고 얼굴을 내밀었다.

여기요, 여기, 하고 손짓을 하는 그 작은 손에는 가게 앞 벤치에 칠한 하얀 페인트가 묻어 있었다. 노트 표지에 찍혀 있던 손자국은 역시 이 아이의 것이라고 나는 확신했다.

"유토…… 맞지? 왜 여기에 있니?"

공공 화장실로 다가가며 묻자, 유토가 속삭이는 목소리로 대답했다.

"숨어 있는 거예요. 엄마가요, 살던 데 근처에 가면 안 된다고 그랬거든요……."

어찌 보면 당연한 말이다. 집주인이나 빚쟁이와 마주치기라도 하면, 야반도주까지 한 게 말짱 도루묵이 되고 말 테니까.

"유토, 저기 연립주택에서 이사 간 게 언제쯤이야?"

"2주 정도 전에……. 저기요, 라이트 정말 살아 있어요? 아직 저 방에 있어요?"

"아니, 그게 있지……."

"혹시 벌써 팔려버린 거예요?"

"그걸…… 어떻게 알았어?"

"어제 엄마가 누구랑 전화로 라이트를 판다는 이야기를 하고 있었거든요……. 하지만 살았는지 죽었는지도 모른다는 말을 듣고 어떻게 해서든 라이트랑 다시 만나고 싶었어요. 왜 두고 와버린 걸까, 하는 생각에 너무 마음이 아파서……."

유토의 이야기를 들어보니 지금 살고 있는 곳은 여기서 버스로 한 시간 정도 떨어진 별장이었다. 빈집이 된 낡은 별장을 청소해서 짐은 최소한만 두고 생활하고 있었다. 의외로 멀지 않은 곳에서 보내게 된 새로운 생활을 이야기하면서, 유토는 라이트를 향한 마음을 이야기하기 시작했다.

"저, 나는 동생이 있으면 좋겠다고 했는데, 엄마가 더는 안 될 것 같다고 그래서, 그럼 반려동물을 키우고 싶다고 그랬거든요. 동물이면 뭐든 상관없었고 굳이 비싼 돈 주고 데려오지 않아도 괜찮았는데 엄마는 '키울 거면 제대로 된 혈통서 붙은 걸로 키워야지' 하고 말하더니 날 데리고 반려동물 가게에 갔어요. 아직 갓난아기였던 라이트를 보고 처음으로 고양이를 품에 안았는데, 내 손 안에서 그릉그릉하기 시작했어요……. 그래서 꼭 이 아기를 내 동생으로 삼아야겠다고 마음먹었어요."

더듬더듬 추억을 말하는 유토의 눈에는 넘쳐흐를 만큼 눈물이 가득 차 있었다.

"초등학교 입학한 뒤로 쭉 매일 잠도 같이 잤고요……. 라이트는 이번 달에 세 살이 되거든요. 그래서 엄마랑 같이 생일 축하 파티도 하자고 그랬는데……. 그런데 버려두고 오다니……. 나도 잘못했지만, 파는 건 너무 심했어! 분명 엄마는 힘들다고 나도 팔아버릴 게 분명해! 차라리 내가 그 집에 남을 걸 그랬어. 라이트랑 같이 남는 게……."

커다란 눈물을 뚝뚝 흘리면서 동생과도 같은 고양이를 두고 온 후회와 다시 만나지 못할지도 모른다는 깊은 슬픔을 토로하는 유토 옆에서, 히로무가 똑같이 눈물을 흘렸다.

나는 꼭 라이트를 구하겠다고 결심했다.

"히로무, 아까 업자한테 명함 받았다고 했지?"

"아, 응……."

눈물 섞인 목소리로 대답한 히로무는 바지 주머니에서 명함을 꺼냈다.

"유토, 라이트를 팔고 받은 돈을 돌려주면 라이트를 되찾을 수 있을지도 몰라."

"정말요? 아, 그렇지만……."

"왜 그러는데?"

"엄마 그 돈 벌써 썼을 것 같은데."

"뭐? 20만 엔이나 되는 돈을? 어디에?"

"자동차 가게 간다고 그랬거든요……. 그래서 엄마가 없는 사이에 몰래 집에서 나올 수 있었어요."

나와 히로무는 얼굴을 마주보고 방법이 없을까 고민했다. 고양이를 사들인 업자에게 맨손으로 가봐야 고양이를 쉽게 돌려줄 리가 없다. 형식적으로라도 돈을 준비해야 하는데…….

하지만 20만 엔이나 되는 돈을 우리가 어디 가서 구해온단 말인가. 남은 시간도 얼마 없다. 지금 이러고 있는 동안에도 상상도 못 할 일이 벌어지고 있을지 모른다.

우리는 고개를 숙인 채 아무 힘도 없는 스스로에게 뼈저리게 절망하고 있었다. 순간 히로무가 고개를 쳐들었다.

"그놈…… 그놈한테 부탁하자."

히로무는 페인트 묻은 유토의 손을 꽉 쥐고 갑자기 달리기 시작했다.

도착한 곳은 내가 일하는 파친코 가게였다.

"애 데리고 오면 안 돼."

히로무가 유토의 손을 끌고 가게 안으로 들어가자 점장이 말했다. 하지만 히로무는 아랑곳하지 않고 슬롯머신 쪽으로 갔다.

"너 설마 슬롯으로 돈을 만들려는 거냐?"

내가 뒤쫓으며 물었다.

"그 정도로 멍청하진 않아."

히로무는 돌아보지도 않고 대답했다. 그러고는 가도쿠라 씨가 앉은 자리 앞에서 멈추었다.

가도쿠라 씨가 담배를 문 채 귀찮아하며 고개를 돌렸다.

"뭐야, 심부름센터 애송이 아냐? 또 메달 훔치러 왔냐?"

"아니, 그게 아니라요. 오늘은 훔치러 온 게 아니라, 돈을 빌리고 싶어서 왔어요."

평소에는 실실거리기만 하던 히로무가 진지한 얼굴로 말했다.

"너 돈이 너무 없어서 미친 거 아니냐?"

"당신이 어떻게 생각하든 상관 안 해요."

그렇게 말하더니, 히로무는 그 자리에 주저앉아 가도쿠라 씨를 향해 무릎을 꿇었다.

"사장님, 부탁드립니다! 20만 엔만 빌려주세요!"

"뭐? 너 지금 뭐라고 했냐? 근데 저기 저 꼬마는 네 애냐?"

"아뇨……."

"애를 앞세워서 동정심 유발로 돈을 빌리겠다? 너 이 자식 바닥까지 가는구나?"

그렇게 내뱉은 가도쿠라 씨는 다시 슬롯머신으로 몸을

돌리고 게임에 몰두했다.

나는 이전에 가도쿠라 씨가 던진 질문의 답을 진지하게 전하기로 마음먹었다.

"가도쿠라 씨, 전에 '너…… 뭐 때문에 사는 거냐?'라고 저한테 물으셨죠?"

"……."

"저는 멍청한 놈이지만…… 멍청한 놈 나름대로 진지하게 고민해서 답을 찾아왔어요. 제가 무엇을 위해 사는가……. 저는 지금 '무엇을 위해 사는가?' 그 자체를 찾기 위해서 살고 있다고 생각합니다."

"……."

"자세한 사정은 말하기 어렵지만, 제가 지금 살아가는 이유를 가르쳐준 목숨이 하나 있습니다. 20만 엔이 있으면 꼭 지킬 수 있는 목숨이에요. 돈이 없어서 지키지 못하고 후회하고 싶지 않으니…… 그러니 가도쿠라 씨, 부탁드립니다. 저희한테 20만 엔만 빌려주십시오!"

가도쿠라 씨는 슬롯머신을 만지던 손을 멈추고 천천히 돌아보며 말했다.

"20만 엔만 있으면, 무언가를 지킬 수 있다 이거지?"

나와 히로무는 가도쿠라 씨를 올려다보며 크게 고개를 끄덕였다.

"너희들 정말 바보구나. 일전에 내가 한 말 다 까먹었냐?"

"……."

"내가 언제 빌려준다고 했냐? 그냥 준다고 했지."

자리에서 일어선 가도쿠라 씨는 슬롯머신 위에 올려둔 가방에서 두꺼운 지갑을 꺼내더니 만 엔 지폐 스무 장을 세어 우리에게 내밀었다.

"잘 기억해둬라. 돈은 살리면 자연스럽게 되돌아온다. 누가 훔쳐가서 없어진 돈은 그놈이 쓰고 끝이야. 죽고 없어지지. 하지만 살리기만 하면 돈은 사라지지 않고 돌아오게 되어 있어."

"돈이…… 돌아온다고?"

히로무는 마치 선생님에게 질문하는 눈으로 가도쿠라 씨를 바라보았다.

"그럼. 사랑하는 자식은 여행을 보내라는 말이 있지? 여행을 보내면 한 아름 두 아름 더 성장한 내 자식이 돌아온다. 돈도 똑같아서 잘 키운 돈을 여행 보내면 잘 커서 돌아와. 장사라는 건 돈을 키우는 거나 마찬가지야. 네놈들한테 준 돈이 장사 목적은 아니라고 해도, 도둑맞아 없어진 돈은 아니지. 분명 어딘가에서 살아남겠지. 뭐, 내가 살아 있는 사이에 돌아올지 어떨지는 모르지만, 한 세상 한 바퀴 죽 돌고 오게 하면 되는 거야."

강렬한 눈으로 말하는 가도쿠라 씨에게서 말 그대로 '사장'다운 기운이 뿜어져 나왔다.

이 사람의 진짜 모습은 남들이 말하는 '한량 사장' 같은 게 아니야…….

자기가 살 길을 스스로 정하고, 그 인생을 확실히 걸어 나가고 있다. 그렇지 않으면 대대로 이어온 유서 깊은 회사의 사장을 맡아 운영하는 게 가능할 리 없다.

가도쿠라 씨의 진짜 모습을 알게 된 우리는 파친코 가게를 나와 악덕 업자의 사무소로 향했다.

명함에 적힌 주소는 자동차로 40분 정도 떨어진 거리였다. 점장에게 차를 빌려 고속도로를 타고 최단 거리로 달리자 30분 만에 사무소 부근에 도착할 수 있었다. 하지만 주변은 어두컴컴하게 변해 있었다.

"라이트…… 착하게 말 잘 듣고 있으려나."

고양이를 사간 진짜 목적을 모르는 유토는 다시 만날 생각에 가슴이 설레는 모양이었다.

혹시라도 이미 늦은 상황이면 어쩌지. 라이트의 처참한 모습을 유토에게 보일 수는 없다.

"유토, 라이트를 돌려달라고 형들이 이야기하고 올 테니까, 차 안에서 기다리고 있을래?"

"나도 같이 가고 싶은데……."

"라이트를 데려오려면 심각한 이야기를 해야만 해……."

우리는 어렵게 유토를 설득하고 차에서 기다리게 했다.

악덕 업자의 사무소는 평범한 3층짜리 아파트였다.

계단으로 3층까지 올라가 303호 앞에 서자 '요시자와(吉沢)'라고 적힌 명패가 붙어 있었다. 유미코 아줌마가 말한 요시자와(ヨシザワ)와 동일 인물이겠지.

초인종을 누르자 몇 초 안 되서 문 안쪽에서 "예" 하는 목소리가 들렸다.

그러자 히로무가 재치 있게 말했다.

"아, 안녕하세요! 아까 회색빛 고양이 넘겼던 심부름센터입니다. 고급 고양이가 또 들어와서, 형님한테 넘기고 싶어서 찾아왔어요."

안에서 철컥, 하고 자물쇠가 열리는 소리가 나더니 문틈으로 요시자와로 보이는 남자가 얼굴을 내밀었다. 얼핏 보기에는 동물 학대 같은 짓을 하리라 생각하기 어려운 평범한 삼십대 남자였다.

"오, 아까 봤던……. 그래서 고양이는?"

"밑에 세워둔 차 안에요. 그 전에 잠깐 드릴 말씀이 있는데요."

그렇게 말하면서 히로무는 가도쿠라 씨에게 받은 20만엔을 요시자와에게 보였다.

"아까 그 고양이는 이쪽에서 다시 데려가도 될까요?"

"뭐? 그건 곤란한데……."

"왜 그러시는데요? 20만 엔 그대로 돌려드리는 건데."

"그렇긴 한데…… 나도 부탁받은 몸이라서."

"부탁? 누구한테요?"

"……."

이러고 있는 사이에도 방 안에서 잔혹한 일이 벌어지고 있을지도 모른다. 초조함이 점점 더해지는 바로 그때, 요시자와가 제안을 했다.

"그러면 그 돈이랑 아까 그 고양이랑 바꿀 테니까, 새로 데려온 고양이를 반값에 해줘. 10만 엔으로."

순간 요시자와가 무슨 말을 하는 것인지 이해가 잘 안 됐지만, 정리해보니 이런 말이었다. 우선 요시자와가 20만 엔을 돌려받고 라이트를 돌려준다. 그런 다음 요시자와가 10만 엔에 새 고양이를 구입한다. 그러면 요시자와 수중에는 10만 엔이 남는다. 누군가에게 부탁받았다고 했으니 그 의뢰인에게 새로운 고양이를 20만 엔에 샀다고 하면, 10만 엔은 고스란히 요시자와 손에 들어간다.

뭐 이런 치사한 놈이 다 있어, 하는 생각이 들었지만 지금은 어떻게 해서든 라이트를 되찾는 일에 집중해야 한다. 이 자식이 얼마를 챙기든 아무래도 상관없다.

허나 가도쿠라 씨의 말대로라면 요시자와가 돈을 버는 방식은 훔치는 것과 아무런 차이가 없다. 한패를 속여서 번 돈은 살지 못하고 써서 사라질 뿐…….

"알겠습니다. 그럼 그렇게 하죠."

히로무가 뻣뻣하게 웃으며 그렇게 대답했다.

요시자와의 뒤를 따라 방 안으로 들어가자 눈을 의심하게 만드는 광경이 펼쳐져 있었다.

"뭐야, 여기……."

크기가 10평쯤 되는 거실에는 구석구석마다 비디오카메라가 몇 대씩 설치되어 있었고, 로프나 낫 같은 위험한 연장들이 널브러져 있었다.

책꽂이에는 처참하게 죽은 동물들의 주검 사진이 케이스에 인쇄된 DVD가 죽 늘어서 있었다. 눈을 돌릴 수밖에 없는 사진들이었다.

요시자와는 고양이가 들어 있는 것으로 보이는 케이지를 구석방에서 가지고 나왔다. 케이지 안을 보니 힘없이 몸을 둥글게 만 라이트의 모습이 보였다.

일단 무사한 모습을 확인한 나와 히로무는 가슴을 쓸어내렸다.

라이트를 데려온 방 쪽에서 새끼 고양이 울음소리가 여러 다발이 되어 들려왔다.

나는 가능한 자연스럽게 요시자와에게 물어보았다.

“저기요, 저쪽 방에 고양이가 몇 마리 있나요?”

“지금은 일고여덟 마리 정도야. 전에는 고양이 사기가 더 쉬웠는데, 요새는 이것저것 따지고 해서 어려워졌어. 펫 숍에서도 신분을 확인하니 뭐니 건방지게 굴거든. 너희 같은 심부름센터랑 일하니까 훨씬 쉽고 편해. 운이 좋았어.”

“……지랄하네.”

“뭐?”

히로무가 끝내 못 참고 선을 넘어버렸다.

“너랑 같이 일할 생각 같은 거 쥐똥만큼도 없어, 이 변태 자식아. 심부름센터를 물로 보지 마.”

“갑자기 왜 이래? 뭐 잘못 먹었나. 너나 나나 먹고살려면 무슨 일이든 하는 거지. 어디서 잘난 척이야?”

“네놈이 하는 이게 일이라고? 웃기지 마! 산목숨 가지고 놀면서 돈 버는 게 일이냐? 너야말로 잘난 척하지 마!”

얼핏 보기에는 동물을 학대할 만한 사람으로 보이지 않는 요시자와의 착해 보이던 눈동자가 순식간에 얼음처럼 차가운 눈으로 변했다. 그러더니 거실에 있던 연장을 손에 들고 히로무를 향해 치켜들었다.

순간, 초인종이 울렸다. 제정신을 차린 요시자와는 치켜들었던 연장을 바닥에 내던지고 현관으로 향했다.

히로무와 나는 멈추었던 숨을 천천히 내쉬며 요시자와의 광기에 찬 본성에 치를 떨었다.

서로 얼굴을 마주보다가 혹시 요시자와의 한패가 온 게 아닌가 싶어 현관 쪽을 슬쩍 내다보았는데, 그곳에 유토가 있었다.

"형들이 너무 안 나오니까 걱정돼서……."

제정신이 아닌 지금의 요시자와라면 어린아이라도 무슨 짓을 할지 모른다.

한시라도 빨리 라이트와 유토를 데리고 차로 가야 해. 하지만 이대로 가버리면 안쪽 구석방에 있는 새끼 고양이들은 DVD 케이스 사진 속 동물들처럼 처참한 주검이 될 텐데…….

놀라서 어찌할 바를 모르고 있는 그때, 유토의 등 뒤에서 경찰이 나타났다.

"경찰 아저씨가 차 안에 혼자 있으면 위험하다고, 여기로 데려다주셨어요."

유토의 손에 들려 있던 요시자와의 명함을 보고 보호자가 여기 있다고 생각한 거겠지.

같이 와준 경찰을 향해 나는 불쑥 질문했다.

"저기, 선생님! 동물 학대도 범죄 맞죠?"

몇 분 뒤 요시자와가 사는 아파트를 경찰차 몇 대가 둘러

쌌다.

요시자와는 동물 보호법에 의해 동물 학대, 동물 유기 및 학대 목적의 거래에 대한 사기죄로 체포되었다.

안쪽 구석방에 있던 고양이들은 유미코 아줌마의 도움으로 모두 동물 관련 봉사자 분들이 보호해주기로 했다. 하지만 각각 분담해서 잠시 맡아주는 임시 보호에 한계가 있다 보니, 우리 가게 앞에 있는 '입양 부모 찾기 노트'를 활용해 계속해서 보호자를 찾는 방향으로 이야기가 정리되었다.

나와 히로무는 사건 참고인으로 경찰에 협력하기로 했고, 유토를 데리고 근처 경찰서에서 한 시간 정도 이야기를 했다. 그러자 동물을 학대해온 요시자와와, 유토 어머니가 차를 구입한 중고차 판매점이 서로 연결되어 있다는 사실이 판명됐다. 수법은 이러했다.

일단 혈통서가 붙은 고양이를 높은 가격에 사주겠다며 유토 어머니에게 20만 엔을 주고, 자동차 판매업자를 소개해서 차를 팔 때 20만 엔을 다시 받은 다음 부족한 금액은 높은 이자의 사채를 쓰게 만든다.

결국 요시자와가 고양이를 사기 위해 지불한 20만 엔은 사기꾼 중고차 판매점으로 회수되고, 고양이 학대 DVD를 판 돈과 적당한 도난 차량을 팔아 추가로 넘겨받은 돈을 놈들이 서로 반반씩 나누는 식이다.

유토 어머니에게 야반도주를 권한 바의 손님부터 야반도주를 도와준 업자, 고양이를 산 요시자와, 그리고 중고차라고 속여 도난 차량을 판 판매점까지 모두 한패인 전문 사기단에 의한 계획적 범행이었다.

유토 어머니가 경찰서에서 피해 신고서를 제출한 뒤 라이트를 안고 있는 유토에게 다가가 말했다.

"고생시켜서 미안해……."

신뢰하던 사람들에게 차례로 배신당한 유토 어머니는 절망한 표정으로 의자에 앉더니 양손으로 얼굴을 감싸고 울음을 터트렸다. 어린아이처럼 엉엉 큰 소리로 울었다.

이 세상 누가 내 편이고 누가 적인지, 무엇이 정답이고 무엇이 오답인지, 그리고 어디로 가서 어떻게 살아야 좋을지……. 어찌할 바를 모르겠는 감정과 현실을 떠안은 유토 어머니의 몸과 마음이 부서져 내리고 있었다.

몇 분이고 울음을 멈추지 않던 유토 어머니는 문득 고개를 들고 아무에게도 들리지 않을 만큼 작은 목소리로 "죽고 싶다……" 하고 중얼거리더니 비틀비틀 걷기 시작했다.

나는 기분 나쁜 예감이 들었다. 지금 이 정신 상태로는 정말로 죽을지도 모른다. 하지만 그녀의 목숨 줄을 붙들어줄 말이 한마디도 떠오르지 않았다.

그때, 비척비척 걷는 유토 어머니의 등을 향해 히로무가 말했다.

"유토 엄마, 당신이 죽으면 유토는 어떻게 살아가겠어요, 안 그래요?"

"글쎄……."

"이봐, 정신 똑바로 차려. 이 애 엄마잖아!"

히로무의 말에 자극을 받은 유토 어머니는 비틀거리던 발걸음을 멈추고 뒤돌아 말했다.

"뭐? 네가 뭘 안다고 그래? 부모가 되어본 적도 없는 주제에, 뭘 안다고 그런 말을 해?"

"부모 마음 같은 거 모르고, 내버리는 사람 마음도 몰라! 하지만 부모 없는 애 기분은…… 잘 안다고!"

"……."

"어찌할 도리가 없단 말이야……. 누가 날 지켜줬으면 하는 때에 부모가 없으면 괴롭고 힘들어서 어찌할 도리가 없다고……. 꼭 안아주었으면 할 때도 안아줄 사람이 없어서 마음 한복판에 구멍이 커다랗게 뚫린단 말이야. 그 구멍을 메우려고 별짓을 다 해봐도 메워지지 않아, 조금도 메워지지 않아……. 부모의 사랑을 대신할 건 이 세상 어디에도 없단 말이야!"

눈물 섞인 히로무의 외침이 경찰서 안에 울려 퍼졌다.

유토 어머니는 히로무의 말이 가슴에 꽂혔는지, 그 자리에 웅크리고 앉아 다시 울음을 터트렸다. 울고 또 울어서 눈물이 마르는 게 아닐까 싶을 정도로 울었다. 이럴 때는 무슨 말을 해야 할지 몰라, 나는 그저 지켜보는 수밖에 없었다. 그 순간, 가느다란 고양이 울음소리가 들렸다.

돌아보니, 유토가 안고 있던 라이트의 울음소리였다.

모두의 시선이 집중되자 라이트는 다시 한번 작은 목소리로 "야옹" 하고 울었다.

"말도 안 돼……."

나와 히로무는 놀랐다. 불과 몇 시간 전에 캄캄한 벽장 속에서 죽어가던 고양이라고는 믿을 수 없을 정도의 귀여운 목소리였다. 살지 죽을지 알 수 없는 날들을 견디다 주인을 기다릴 희망도 잃어버렸던 저 고양이가 비통한 외침도, 눈물 나게 만드는 울음소리도 아닌, 사랑하는 주인에게 어리광을 부리는 부드러운 목소리로 울고 있었다.

"엄마, 울지 마요. 라이트도 이렇게 울지 말라고 하잖아."

떨고 있는 어머니의 어깨 위에 작은 손바닥을 올리며 유토가 말했다.

유토 어머니는 두 손으로 얼굴을 감싼 채 끊어질 듯 끊어지지 않는 목소리로 유토에게 대답했다.

"미안해……. 엄마가 참 못난 엄마라 미안해……. 유토가 힘든 일 겪지 않게 해주려고 열심히, 열심히 노력했는데 맨

날 실패만 하고……."

"나 아무렇지도 않아요."

유토가 대답하더니 바지 주머니에 손을 집어넣고는 접힌 종이 한 장을 꺼냈다. 그리고 그 종이를 어머니에게 내밀며 말했다.

"이것만큼은 버리고 싶지 않았어요……."

"이건……."

종이를 건네받은 어머니는 천천히 그 종이를 펴더니 기억을 더듬는 표정으로 바라보았다.

우리는 어머니의 등 뒤에서 살짝 종이를 훔쳐보았다. 유토가 색색의 도구들로 그린 그림이었다. 고급 자동차 그림도 아니었고, 명품으로 몸을 두른 어머니 그림도 아니었다……. 소박한 하얀 티셔츠를 입은 어머니와 함께 유토가 포장마차에서 사과 사탕을 손에 든 그림이었다.

유토가 버리고 싶지 않았던 것은 어머니와 둘이서 여름 축제에 갔을 때의, 그 무엇과도 바꿀 수 없는 추억의 순간이었다. 그 그림 속에 있는 두 사람은 함박웃음을 지으며 서로를 바라보고 있었다.

그림을 지긋이 바라보던 어머니에게 유토가 말했다.

"나 이날 너무 재미있었어요. 아빠는 집을 나가버렸고 엄마는 계속 힘이 없었는데, 여름 축제 때 사과 사탕 먹으면서 엄마가 '맛있다!' 하고 웃었거든요. 이 그림을 보면, 그때 그 순간의 엄마랑 만날 수 있어요. 나는요, 엄마가 웃을 때 제일 좋아요. 엄마가 웃어주기만 하면, 예쁜 옷도 맛있는 음식도 필요 없어요. 그러니까 울지 마세요, 응? 엄마, 올해도 여름 축제 가요. 같이 사과 사탕 먹어요."

유토 어머니의 눈에서 또다시 커다란 눈물방울이 쏟아져 내렸다. 슬픔의 눈물이 아니라 진정한 사랑을 깨달은 아름다운 눈물이었다.

사람은 말에 속고 말에 상처 입어 슬픔의 밑바닥에 빠져 버린다.

그렇지만 그 슬픔의 밑바닥에서 끄집어내는 것도 말이다. 다만 그 말은 인간의 소리에 국한되지 않는다. 사람도 동물도 서로를 필요로 하는 마음의 소리에 의해 슬픔의 밑바닥에서 구원받는 것인지도 모른다.

어머니를 위로하는 유토의 모습을 보던 히로무가 무언가를 떠올렸는지 주머니에 손을 넣어 꺼낸 물건을 유토 어머니에게 건넸다.

"유토 어머니, 받아요."

그것은 가도쿠라 씨에게 받은 20만 엔이었다.

동물 학대 악덕 업자가 체포되었으니 갈 곳이 없어진 20만 엔을 유토 어머니에게 건네고 히로무는 말했다.

"분명 도망치지 않아도 다시 태어날 수 있을 거예요. 하지만 그건 돈 때문이 아니라 당신이 유토를 지키고 싶다고 마음속 깊이 품은 그것…… 때문일 거예요. 이 돈으로 빚 문제를 변호사랑 상담해요. 처음부터 다시 시작하기 위해 과거를 버리고 도망가는 게 아니라 제로부터 시작하기 위해 이 돈을 써요."

"아무리 그래도 그럴 수는……."

"돈은 돌고 돌아 돈이라고 하잖아요? 그 돈은 분명 다시 한번 나한테 돌아올 거야. 그러니까 신경 쓰지 말고 유토랑 라이트를 위해 써요."

가도쿠라 씨에게서 빌려온 대사이기는 했지만 히로무의 본심일 게 분명했다.

"감사합니다……."

유토 어머니는 울면서 몇 번이고 우리에게 인사하고는 유토를 꼭 껴안았다.

"유토, 미안해……. 돈 때문에 라이트를 그렇게 버려서 미안해……. 또 돈 때문에 고생시킬지도 모르는데, 이런 엄마라도 같이 있어줄 거야?"

"당연하지. 엄마가 싫다고 해도 난 계속 붙어 있을 거야."

"고마워, 유토, 고마워……."

서로를 꼭 껴안은 모자를 올려다보며 라이트가 다시 가

족과 만난 기쁨을 표현하기라도 하듯 그릉그릉거렸다.

라이트는 더 이상 주인을 향한 기대를 버리고 살아갈 힘을 잃어버린 '울지 않는 고양이'가 아니었다. 사람 손의 온기를 다시 느끼며 어리광 부리는 행복감을 되찾은 것이다. 그리고 두 사람과 한 마리의 가족은 앞으로 시작될 진정한 새 출발을 위한 제로 지점에 서 있었다.

*

때때로 사람이 돈에 휘둘리는 경우가 있다.

유토 어머니처럼 인생이 뒤틀리는 경우도 있다. 하지만 '돈을 살리는 일'에 성공하면 돈은 소중한 것을 지키는 무기로 변한다.

"너…… 뭐 때문에 사는 거냐?" 하고 내던진 가도쿠라 씨의 말은 새삼 나 자신의 삶과 대면하는 계기가 되었다.

뭐 때문에 일하고, 뭐 때문에 돈을 벌고, 뭐 때문에 나는 살고 있는가.

그 답을 찾기 위해 살고 있는 거라고 강하게 느꼈다.

출세 같은 막연한 꿈을 품고 있던 히로무는 이번에 휘말린 사건을 계기로 무언가 큰 것을 얻은 듯 보였다.

훔친 돈도, 번 돈도, 받은 돈도, 금액은 같다고 해도 살리

느냐 없애느냐는 손에 든 사람에게 달렸다.

인생을 재출발하는 유토 어머니도 그 20만 엔을 생활의 불씨로 삼아 한 뼘 앞에 빛을 비추게 되겠지. 비록 그렇게 돈이 어디론가 사라진다고 해도, 귀중한 가족을 지키기 위해 비춘 빛은 사라지지 않고 계속 밝게 빛날 것이다.

라이트와 유토 사이의 인연의 끈 덕분에 우리는 정말로 중요한 것을 배웠다.

며칠 간 평화로운 하루하루가 이어졌고, 평소처럼 휴게실에서 담배를 피우며 창밖을 바라보고 있는데, 1층 쪽에서 "고로!" 하고 부르는 유미코 아줌마의 목소리가 들렸다.

또 미이 밥 챙겨주라는 거겠지…….

담뱃불을 끄고 유미코 아줌마가 기다리는 가게 앞으로 가자, 무슨 일인지 아줌마가 진지한 얼굴로 '입양 부모 찾기 노트'를 펴 보였다.

"이것 좀 봐봐……."

거기에는 물이 들어 있는 양동이 안에서 위를 올려다보고 있는 작고 흰 새끼 고양이 사진이 붙어 있었다. 물이 새끼 고양이 입 부근까지 아슬아슬하게 올라 차 있었고 고양이가 개헤엄 치듯 허우적대고 있음을 알 수 있었다. 비라도 오면 분명히 익사하고 말 텐데…….

하지만 장소나 경위를 알리는 설명 같은 건 일절 없었고 오로지 그 사진 한 장이 붙어 있을 뿐이었다.

실수로 빠진 건지 아니면 누군가가 못된 마음으로 집어 넣은 것인지는 모르지만, 어찌 됐든 정황상 이 사진을 찍은 인물은 위험에 처한 고양이를 보고도 못 본 척한 것 같다.

한시라도 빨리 이 장소를 찾아내야 할 텐데, 단서가 될 만한 것이라고는 하나도 보이지 않는다.

나는 히로무에게 전화를 걸어 이 새끼 고양이가 있을 법한 장소와 촬영한 인물을 찾아달라고 의뢰했다.

제2부

인연의 조각

히로무에게 전화를 걸자, 몇 분 만에 고장 직전이 아닐까 의심스러운 소리를 내는 스쿠터를 타고 파친코 가게에 도착했다.

제조일이 도대체 언제인지 묻고 싶어지는 구형 스쿠터와 구깃구깃한 작업복은 갈색 머리의 날씬한 히로무와 그리 어울리지 않았다.

구형 스쿠터의 쇠가 찢어지는 엔진 소리는 열쇠를 뽑은 뒤에도 귓가에 메아리쳤다.

"히로무, 슬슬 스쿠터 바꿀 때 된 거 아니야?"

"돈 빌릴 데 없는 거 고로도 알잖아? 이 스쿠터도 누가 버린 거를 아는 사람한테 고쳐달라고 부탁해서 타고 다니는 거라고."

"……그럼 공짜로?"

"그건 아니고, 타이어 바꾸는 데 7천 엔이나 들었어. 중고 타이어가 뭐 그렇게 비싼지……."

그게 지금 출세를 목표로 삼은 놈이 할 말이냐, 하고 반문하고 싶어지는 차에 유미코 아줌마가 나타났다.

"히로무, 이거 보렴."

유미코 아줌마가 노트에 붙은 사진을 내보였다.

물이 찬 양동이 안에서 올려다보고 있는, 손바닥보다 작은 하얀 고양이 사진에 또다시 마음이 꼬집히기라도 한 듯 따끔해졌다.

"뭐예요, 이거……. 목 밑까지 물이 차 있잖아? 이대로 두면 빠져 죽겠는데……."

"그러게 말이야……. 어쩌다 이렇게 되었는지는 모르겠지만, 네 말대로 이대로 두면 위험할 것 같아."

"그래서 여기가 어딘데요?"

"그래서 히로무를 여기로 부른 거야. 찾아달라고."

"네? 이 사진 한 장으로 찾으라고요?"

자신 없어 하는 히로무에게 유미코 아줌마가 한 번 더 밀어붙였다.

"제발, 히로무, 부탁할게. 찾아주렴. 이렇게 작은 애가 혼자 힘으로 빠져나오는 건 절대 무리잖니. 그리고 비라도 오면 목숨이……."

"나 고양이 좀 그렇다니까……."

히로무가 중얼거렸다. 하지만 유미코 아줌마의 말에 마음이 움직였는지, 노트를 받아 들고 진득이 살펴보았다.

"어? 여기 혹시…… 할 줄 알았어? 이걸로 어떻게 찾아? 드라마도 아니고!"

히로무는 털썩, 하고 가게 앞 벤치에 걸터앉아 자기 옆에 노트를 냅다 던져놓았다. 그 바람에 노트에서 사진이 두 장 사락거리며 떨어졌다. 아마 다른 페이지에 끼어 있었던 모양이다. 히로무가 그 사진을 집어 들었다.

"어? 여기 혹시……."

"뭐야, 히로무, 또 농담하려고?"

"아니, 이번엔 진담이야……. 여기 혹시 역 안쪽 깊은 데 있는 잡목림 아닌가? 요새 불법 투기 많이 당한다고 들어서, 우리 사장이랑 같이 보러 간 적 있는데……."

"사장이랑 일부러 쓰레기 산을 구경 갔다고?"

"응, 여기 땅 주인이 불법 투기 쓰레기 치워달라고 부탁하면 돈이 될 것 같다고……."

히로무가 일하는 심부름센터 사장은 '하이에나'라 불릴 정도로 별별 일을 다 건수로 연결시키는 재능의 소유자라고 했다.

어찌 되었든, 나와 유미코 아줌마도 히로무가 손에 든 사진을 보았다. 대나무 등의 나무와 주위의 풍경이 뒤섞인 산속 모습이었다.

우리 셋이 머리를 맞대고 사진을 보는데, 유미코 아줌마 발 근처에서 "멍!" 하고 낮게 짖는 커다란 개가 나를 올려다보았다. 내 기억이 틀리지 않다면 〈명견 래시〉에 나오는 그 개와 같은 종이다. 사람을 잘 따를 것 같은 얼굴을 하고 있지만, 양동이 속 새끼 고양이보다 수십 배는 커다란 덩치로 올려다보는 녀석이 솔직히 귀엽게 느껴지지는 않았다.

"유미코 아줌마, 아까부터 물어보려고 했는데요. 이 개…… 아줌마네 개예요?"

내 질문에 유미코 아줌마는 명견 래시의 머리를 쓰다듬더니 미소 지으며 대답했다.

"아, 얘? 가도쿠라 사장님네 개, 유메(ユメ)*야. 가끔씩 산책 아르바이트를 하고 있어."

"음, 그 사장님한테는 왠지 안 어울리는 개인데. 도베르만이 더 어울릴 것 같은데……."

히로무가 말했다. 순간, 유메가 사진 냄새를 킁킁 맡더니

* '꿈'이라는 뜻이다.

할짝할짝 사진을 핥기 시작했다.

"어, 야, 잠깐만……."

"얘 배고픈 거 아네요?"

히로무가 침 묻은 사진을 자기 바지에 닦으며 유미코 아줌마에게 말했다.

"양도 아니고, 종이를 먹을 리가 없잖아. 이 사진에서 고양이 냄새를 맡은 게 아닐까? 개의 후각은 인간의 수만 배나 된다고."

실제로 노트에 끼워둔 사진은 찍은 장소에서 바로 현상되는 폴라로이드 사진이다. 새끼 고양이 냄새가 난다고 해도 이상할 게 없다. 만약 그렇다면 유메에게 냄새를 더 맡게 해서 새끼 고양이가 있는 곳을 찾을 수 있지 않을까. 에이, 설마, 경찰견도 아니고…….

"그럼 이 녀석한테 새끼 고양이를 찾아달라고 해보자."

마치 내 마음속을 읽기라도 한 듯 히로무가 명탐정이 사건을 해결하기라도 한 양 눈을 빛내며 말했다.

"훈련받은 개도 아니고……."

유미코 아줌마의 말을 끊고 히로무가 말을 이었다.

"고로, 그런데 말이야. 이 새끼 고양이 찾으면 얼마 줄 거야? 이거 당연히 건수지?"

히로무의 질문에 나는 어련하실까, 하는 마음으로 대답

했다.

"그럼, 건수지. 다만……."

"다만……?"

"얼마짜리 건수가 될지는 네 운에 달렸지."

나는 미리 준비해둔 슬롯머신용 메달 50개를 히로무에게 건넸다.

"이거 횡령 아냐?"

히로무가 농담 섞인 말을 하며 메달이 든 비닐봉지를 스쿠터 손잡이에 걸었다.

"이래 봬도 나 운은 타고난 남자거든."

히로무가 엄지손가락을 세우며 근거 없는 자신감을 드러냈다. 히로무와 유미코 아줌마는 안 되면 할 수 없지, 하는 심정으로 유메에게 사진의 냄새를 맡게 하고는 잡목림으로 향했다.

두 사람의 뒷모습을 배웅한 나는 길고양이 미이에게 밥을 준 뒤 가게 앞 청소를 시작했다. 사실 지난주에 점장이 나를 부르더니, 정직원이 될 생각 없냐고 물어보았다.

민들레 씨앗처럼 의지 없이 이 땅에 뿌리를 박고 있던 탓에, 설마 책임이 따르는 일을 누가 맡겨줄 거라고는 3년 전에는 생각도 못 했었다. 어쨌든 다른 사람에게 좋은 평가를 받는 것은 기분 나쁜 일이 아니다. 나는 진심으로 정직원이 될 생각을 해보자고 마음먹었다. 때문에 지금까지처럼 땡땡이나 치는 식으로는 안 된다는 생각에, 새끼 고양이 찾기를 히로무에게 맡기기로 한 것이다.

애초에 나는 특별히 고양이를 좋아하는 것도 아니었고, 동물 보호 활동을 하고 있던 것도 아니다. 어쩌다 보니 가게 앞에 눌어붙은 길고양이에게 밥을 주었고, 어쩌다 보니 놓인 유미코 아줌마의 노트를 넘겨보았고, 어쩌다 보니 계속해서 동물과 얽히게 된 것뿐이다.

이런저런 생각을 하며 가게 앞을 빗자루로 쓸고 있는데, 등 뒤에서 목소리가 들려왔다.

"야, 고로, 또 땡땡이치는 거 아니지?"

뒤돌아보니 검은색 고급 가죽 재킷을 입은 덩치 좋은 가도쿠라 씨가 옆구리에 브랜드 제품으로 보이는 클러치 백을 끼고 서 있었다.

"아, 사장님, 안녕하세요. 땡땡이 안 쳤거든요. 이래 봬도 점장 후보라고요. 맨날 대충대충 살 수는 없잖아요. 참, 방금 전에 유미코 아줌마가 사장님네 개를 산책시키고 있던데요. 여기 올 시간 있으면 자기 손으로 산책시켜주지그래요."

"뭘 모르네, 이 녀석. 내가 산책시키면 그 아줌마가 파친코 할 돈이 안 생길 거 아니냐. 그럼 이 가게 망해."

가도쿠라 씨의 이런 발언을 예전 같으면 고생 모르는 한랑 사장의 헛소리로 들었을 것이다. 그러나 라이트의 사건 이후, 지금은 말 한 마디 한 마디에 의미가 담겨 있는 것처럼 들린다.

"그건 그렇다 치고, 그 아줌마가 또 이런 데다 개인 물건을 두고 갔네."

가도쿠라 씨는 유미코 아줌마가 두고 간 노트를 손에 들었다. 그리고 바지 주머니에서 동전을 꺼내 자판기에서 언제나 마시는 캔 커피를 뽑아 들고는 벤치에 걸터앉아 노트를 팔락팔락 넘겼다.

"참 지극 정성이야……."

보호받은 동물 사진과 설명을 눈으로 훑어나가며 가도쿠라 씨는 감탄한 듯 중얼거렸다.

그러다 히로무와 유미코 아줌마가 발견한 양동이 속 새끼 고양이 사진을 본 가도쿠라 씨가 말했다.

"이 사진에는 어디서 찍었다, 같은 설명이 없디?"

호쾌한 성격인 가도쿠라 씨도 역시나 불쌍해 보이는 새끼 고양이 사진에는 마음이 아픈 모양이었다.

"네, 아무 설명도 없더라고요. 어디서 어떻게 그렇게 됐는지도 모르겠고. 그 사진 말고 다른 사진이 또 있어서 그걸 단서로 삼아 유미코 아줌마랑 히로무가 찾으러 갔어요. 아, 유메도 같이."

"유메도?"

"네, 사진에서 고양이 냄새라도 맡은 모양인지 유메가 사진을 막 핥더라고요. 그래서 혹시 냄새로 찾아낼 수 있지 않을까, 하고. 방금 잡목림 있는 데로 갔어요."

"역 건너편에 있는 그 잡목림……?"

"네, 지금은 쓰레기 산이 됐죠."

"……."

"사장님도 그 고양이가 걱정되시나요?"

"아, 그런 게 아니라……. 뭐, 걱정이 되기는 하지."

가도쿠라 씨는 노트를 살짝 덮고 남은 커피를 단번에 비웠다.

"나 먼저 간다. 일 똑바로 하고."

그리고는 벤치에서 일어나 주차장 쪽으로 향했다.

"에? 벌써 가시게요? 방금 막 오셨잖아요?"

"뭐, 이래 봬도 사장이잖아. 가끔은 일해야지."

"가끔……? 그럼 조심해서 들어가세요."

"그래."

가도쿠라 씨는 어설픈 경례처럼 머리 옆에서 가볍게 손을 흔들고는 가버렸다.

*

"유미코 아줌마, 개 산책 아르바이트로 얼마 받아요?"

심부름센터 사무실에도 가끔씩 반려동물 산책을 부탁하는 건수가 들어오기는 하지만 정기 계약이 아니면 그다지 돈이 되지 않는 건수다.

"가만있자, 한 번에 2천 엔 정도 받나? 한 달치를 한꺼번에 정산하니까 일일이 계산하지는 않거든."

"주부는 속이 편해서 좋겠다……."

"속 편하기는! 생계가 달려 있단 말이야."

"그렇지만 아줌마네는 아저씨랑 같이 철물점 하잖아요."

"하고 있긴 하지, 할 수 없이……. 시부모님께 물려받은 가게라서 할 수 없이 지키고 있기는 한데, 그거로는 먹고살기 빠듯해."

"그럼 먹고살기는 하네요."

"우리 부부야 먹고살지. 하지만 보호하고 있는 동물들 밥이나 화장실 모래, 시트 같은 데 돈이 들거든."

"이야…… 고생이시네요. 그래 봐야 돈도 한 푼 안 되고 사서 고생인데, 왜 하시는 거예요?"

"돈도 한 푼 안 된다……. 틀린 말은 아니지만, 그보다 더 중요한 걸 얻기 때문에 하고 있는 게 아닐까?"

"돈보다 더 중요한 거?"

"그래. 구체적으로 말로 표현하기는 어렵지만, 작은 생명을 구하는 일이 돈으로는 얻을 수 없는 치유를 해주는 것 같은 기분이 들거든. 마음에 뻥 뚫려 있던 구멍을 메워준다고나 할까, 말로는 할 수 없는 인연을 느끼게 해준다고 할까……. 무엇보다 딸내미가 동물을 좋아하거든."

"흐음, 잘 모르겠네요. 근데 유미코 아줌마 딸이 있었구나. 몇 살이에요?"

"올해로 스무 살이야. 몸이 약해서 밖에는 자주 못 나가는데…… 동물이랑 있으면 적적하지 않고 좋잖아?"

언제나 밝은 유미코 아줌마도 이런저런 사정이 있구나, 하고 생각하면서 대수롭지 않게 수다를 떨며 걷는데 기찻길을 건너기 직전, 아줌마가 깜짝 놀라며 제자리에 섰다.

"어머!"

아줌마의 시선 끝을 따라가 보니, 선로 옆에 누워 있는 사람의 모습이 보였다.

"말도 안 돼……. 치인 건가?"

하지만 주변에 열차가 막 지나간 흔적도 없었고, 길 위에 피가 묻은 모습도 없었다.

나는 아줌마의 작은 등을 방패 삼아 바닥에 누운 사람에게 다가갔다.

"쇼(翔)…… 아니니?"

아줌마가 갑자기 그 사람에게 말을 걸었다.

연보라색 파카를 입은, 십대 중반쯤 되어 보이는 쇼는 놀란 얼굴로 우리를 보며 천천히 몸을 일으켰다.

"유미코 아줌마?"

"맞구나! 아니, 여기서 뭐 하고 있어? 못된 맘먹고 있는 건 아니지?"

혼내듯 말하는 아줌마와는 달리 쇼는 어리둥절한 얼굴이었다.

"하늘이 너무 예뻐서 그랬는데……."

아줌마는 자기보다 한참이나 큰 쇼를 두 팔로 꼭 안더니 기찻길과 떨어진 곳으로 데려갔다. 그리고 옷에 묻은 흙먼지를 손으로 털어주었다. 유메는 그 녀석에게 달려들어 얼굴을 핥아댔다. 나는 소박한 질문을 던졌다.

"그 친구를 꽤나 잘 따르는 것 같은데……."

"그야 당연하지. 쇼가 유메 주인인데."

"네? 그럼 그 친구가……?"

"가도쿠라 사장님 아들 쇼타로(翔太郎)야."

겉으로 보기엔 고등학생 정도 되어 보이는 쇼타로는 말투나 행동을 보면 아무리 잘 보아도 작은 어린아이와 비슷한 정도로 느껴졌다. 그렇다고는 해도 동네 최고 부자로 소문난 가도쿠라 씨의 아들이니 분명 좋은 환경에서 자랐겠지. 쇼타로는 목에 고급 카메라를 걸고 있었다. 유메는 꼬리를 흔들며 쇼타로의 얼굴을 핥았다.

나는 어쨌든 도련님 대접 받으며 자란 쇼타로에게 무슨 말을 해야 할지 몰랐다.

"담배라도 필래?"

"히로무, 이 바보야! 쇼는 아직 미성년이야!"

유미코 아줌마의 꾸중을 들으며 주머니에서 담배를 꺼내는 순간, 찾으러 가던 새끼 고양이 사진이 딸려 나와 바닥에 떨어졌다.

"아! 야옹이다!"

유메와 놀던 쇼타로가 그 사진을 주워 들고 말했다.

"야옹이?"

고양이 사진을 보며 중얼거리는 쇼타로에게 유미코 아줌마가 물었다.

"응, 이거 야옹이야. 우라빠가 맨날 가는 파친코 가게 미이보다는 작은 꼬마 야옹이."

아무래도 '야옹이'라는 건 이름이 아니라 고양이를 그냥 그렇게 부르는 것 같다. 그리고 '우라빠'는 '우리 아빠'겠지.

그랬던 거구나. 유메는 고양이 냄새에 반응한 게 아니라, 쇼타로 냄새가 나서 사진을 핥은 거였어.

나는 어물어물 진상을 물어보았다.

"쇼타로, 혹시 네가 이 양동이에 새끼 고양이…… 야옹이를 넣은 거니?"

"응! 맞아! 귀엽지? 사람들한테 자랑하려고 노트에 사진도 붙였어. 하지만 스티커가 하나밖에 없어서 나머지 두 장은 그냥 꽂아만 놨어."

쇼타로는 악의나 장난치는 기색 없이, 오히려 자랑스러운 듯 말했다.

유미코 아줌마와 나는 얼굴을 마주 보며 뭐라고 말해야 좋을지 몰라 당혹스러워했다. 아줌마가 어린 꼬마에게 말하듯 입을 열었다.

"왜 야옹이를 양동이에 넣었어?"

"양동이? 양동이가 아니라 목욕탕이야. 야옹이가 막 태어났으니까, 목욕탕에서 깨끗하게 해주려고. 나 텔레비전에서 봤어. 아기가 태어나면 병원에서 목욕탕에 넣어서 씻겨주는 거. 고양이는 엄마랑 멀리멀리 떨어져 있어서 불쌍해."

그렇게 말하던 쇼타로의 눈에 눈물이 맴돌았고 손가락으로는 사진을 쓰다듬었다. 참 순수한 아이구나. 무엇보다 새끼 고양이가 누군가의 장난으로 양동이에 들어간 게 아니라는 사실을 알고 조금은 안도감이 들었다.

노트에 한마디 말이라도 써놓지……. 아니, 어쩌면 안 써놓은 것이 아니라 글씨를 쓸 줄 모르는 것인지도 모른다.

머릿속으로 억측을 하고 있는 사이, 투두둑 비가 내리기 시작했다.

"이런! 이대로 두면 새끼 고양이가 익사할지도 몰라! 쇼타로, 야옹이가 있는 데로 같이 가자!"

어안이 벙벙한 얼굴로 나를 쳐다보던 쇼타로가 젖은 눈망울로 대답하며 자리에서 일어섰다.

"응!"

역에서 15분 정도 떨어진 잡목림은 역시 예전에 사장과 함께 온 적이 있는 곳이었다. 하지만 쇼타로가 새끼 고양이를 양동이에 넣어놓은 곳은 더 깊숙한 데 있었다. 쓰레기 산을 밟고 넘어서고 울창한 대나무와 싸리나무를 헤치며 나아간 끝에 겨우 도착했다.

높이 40센티미터 정도 되는 양동이가 보이는 곳으로 쇼타로가 뛰어가더니 안을 바라보았다. 그 뒤에 선 나와 유미코 아줌마도 양동이 안을 바라보았다.

"없어……."

양동이 안에는 쇼타로가 넣은 것으로 보이는 미지근한 물이 3분의 1 정도 남아 있을 뿐이었고 새끼 고양이의 모습은 보이지 않았다.

"야옹아, 어디 갔니?"

불안한 표정을 한 쇼타로의 손을 유미코 아줌마가 살짝 잡아주며 말했다.

"괜찮아, 야옹이 엄마가 데리고 갔을지도 모르잖니? 오늘은 날이 벌써 어두워졌으니까 내일 다시 와서 찾아보자."

그리고 왔던 길을 다시 돌아가려는 그때, 쇼타로의 휴대폰가 울렸다.

"여보세요? 아, 엄마? 응? 병원? 어디? 나 유미코 아줌마랑 같이 있어. 우라빠가 왜 병원 갔는데?"

같은 말을 몇 번이고 어머니에게 묻는 쇼타로의 모습을 보니, 보통 일이 벌어진 게 아님을 알 수 있었다.

전화를 바꾼 유미코 아줌마가 쇼타로의 어머니에게서 이야기를 들은 뒤, 가도쿠라 씨가 사고로 병원에 실려갔다는 사실을 알게 되었다. 우리들은 비를 맞아가며 병원으로 향했다.

*

오늘은 가게 안이 어쩐지 쓸쓸한 느낌이 든다. 평상시에 항상 있는 유미코 아줌마와 히로무는 새끼 고양이를 찾으러 나갔고, 가도쿠라 씨도 왔다가 바로 가버렸다. 이 정도로 일이 없을 줄 알았으면 나도 새끼 고양이 구조에 함께 나설 걸 그랬나……. 그런 생각을 하는데 갑자기 히로무가 휴대폰으로 전화를 걸어왔다.

"여보세요, 히로무? 무슨 일이야? 새끼 고양이는 찾았어?"

휴대폰 너머로 들리는 히로무의 목소리는 흥분해 있었다. 히로무는 숨이 끊어질 듯한 목소리로 가도쿠라 씨가 사고를 당했다고 알려주었다.

"말도 안 돼……."

나는 히로무에게 가도쿠라 씨와 방금 전까지 활달히 대화를 나눈 사실을 전했다. 히로무는 가도쿠라 씨가 이송된 병원을 알려준 뒤, 곧바로 전화를 끊었다.

나는 유니폼을 입은 채 밖으로 나가, 열쇠를 꽂아둔 히로무의 스쿠터를 타고 제발 큰일이 아니기를 바라며 가도쿠라 씨가 입원한 종합병원으로 향했다.

병원에 도착하니, 히로무와 유미코 아줌마 말고도 쇼타로라는 가도쿠라 씨 아들도 함께 와 있었다. 그 옆에는 가도쿠라 씨의 부인이 기도하듯 손과 손을 맞잡고 수술실 앞 의자에 앉아 있었다.

가도쿠라 씨는 겨우 생명의 위기를 넘겼지만 절대 안심할 수 없는 상태에 있었다.

이송한 구조대원에게 사고 정황을 물어보니, 커브였는데도 브레이크를 밟은 흔적이 없었던 것으로 보아 아무래도 고장이 났거나 누군가가 일부러 고장을 냈거나 그것도 아니면 밟지 못할 다른 이유가 있었거나…… 등등의 사정 때문에 일어난 사건으로 보이는데, 일단은 경찰이 조사에 나설 예정이라고 했다.

수술실 앞에서 기다리는데 우리가 있는 쪽으로 간호사 한 명이 와서 확인을 부탁한다고 말했다. 여기로는 가지고 오지 못할 물건인 듯 우리를 의사용 휴게실로 안내했다.

그러자 휴게실 문 앞에서 "야옹" 하고 새끼 고양이가 우는 소리가 들려왔다. 열린 문 안으로 들어가자 사진 속에 나오는 그 작고 하얀 새끼 고양이가 상자 안에 들어가 있었다.

"야옹이다!"

쇼타로가 소리치며 단숨에 달려가 상자 안에서 새끼 고양이를 꺼내 꼭 안았다.

뭐가 어떻게 된 일인지 모르고 어리둥절해진 우리는 벙한 얼굴로 쇼타로의 팔에 안긴 새끼 고양이를 바라보았고, 간호사가 정황을 설명해주었다.

"이 고양이, 가도쿠라 씨 차 안에 있었어요. 의식이 없는 와중에도 지켜주려고 품에 안고 계셨던 모양이에요……. 어쩌면 브레이크 페달 아래로 이 새끼 고양이가 들어가서 브레이크를 밟지 못해 사고가 난 것인지도 모르겠네요……."

간호사의 말대로, 혹시라도 새끼 고양이가 브레이크 페달 아래로 들어갔다고 한다면, 페달을 밟는 동시에 새끼 고양이도 짓밟게 된다. 마음씨 착하고 상냥한 가도쿠라 씨라면 커브 길에서 튕겨나갈지언정 브레이크는 밟지 않았을 것이다.

그렇다 하더라도 도대체 어째서 가도쿠라 씨 차 안에 새끼 고양이가 있었던 것일까.

수수께끼가 풀리지 않은 채 생각에 잠겨 있는데, 또 다른 간호사가 우리를 불렀다.

"담당의께서 드릴 말씀이 있다고 하시니 따라오세요."

가족이 아닌 나와 히로무, 그리고 유미코 아줌마는 대기실에서 의사의 설명이 끝나기를 기다렸다.

20분 정도 지나자, 쇼타로와 가도쿠라 씨 부인이 방에서 나왔다. 두 사람을 잘 아는 유미코 아줌마는 달려들 듯 다가가 어떤 상황인지를 물었다.

"쇼, 다카코 씨, 사장님 상태는? 응? 괜찮으셔?"

그러자 쇼타로는 작은 목소리로 중얼거리듯 말했다.

"우라빠, 죽는대. 사고 나기 전부터 아팠대."

*

10년 전

마흔둘을 맞은 날 아침, 부동산 사업을 하던 아버지가 은퇴를 선언했다.

아버지 회사에서 일하며 언젠가는 뒤를 잇겠거니, 생각은 했지만 이렇게 빨리 잇게 될 줄은 몰랐다. 솔직히 이렇게 젊은 나이에 직원들을 이끌고 나갈 자신이 없었지만 대를 잇는 준비 과정은 담담히 진행되었고, 정신을 차려보니 어느새 사장 직함이 박힌 명함도 인쇄가 끝나 있었다.

태어났을 때부터 사장의 레일을 달려왔던 나는 올 게 왔다는 마음에 각오를 다지고 나 나름대로의 방법으로 회사를 확장해나갈 결의를 했다.

하지만 세상은 그리 쉽게 나를 사장으로 인정해주지 않았다. 날더러 '한량 사장'이라고 부르는 모양이었다. 상관없었다. 욕하고 싶은 놈들은 욕하게 두면 된다. 그런 것에 일일이 신경을 써서는 직원이나 직원 가족을 지키지 못한다.

그로부터 반년이 지나 사업을 궤도에 오르게 만들었을 때쯤이었다. 근처 바에서 술을 마시고 있는데, 바의 사장이 신입 직원이 들어왔다며 소개해주었다.

이런 시골 바로 일하러 오는 사람이 있나, 하고 생각했는데 인사를 나누고 나니 어디서 본 듯한 여성이었다. 서로 살아온 과정을 이야기하다 다카코라고 이름을 밝힌 그녀가 초등학교 때 같은 반 친구라는 사실을 알게 되었다.

나는 어렴풋하게 그녀를 기억하고 있었다. 쉬는 시간이 되면 다 같이 어울려 노는 대신 언제나 도서실에서 얌전히 책을 읽고 있는 모습이 인상적이었기 때문이다. 미즈와리(水割り)*를 만드느라 고개 숙인 옆얼굴에는 그때의 인상이 조금 남아 있었다.

다카코는 서른다섯에 결혼해 작년에 아들을 낳았다고 했다. 하지만 아이에게는 뇌에 선천성 장애가 있었고 그 뒤로 남편은 두 사람을 두고 밖으로 나가기 시작했다고 한다. 다카코보다 여섯 살 아래였던 남편은 결국 힘겨운 현실을 서로 보듬으며 가족의 미래를 생각하기보다는 카메라맨으로서 프로가 되려는 자신의 꿈을 이루기 위해 가족의 인연을 끊어버리고 말았다.

처자식을 버리고 나간 남자의 마음이야 내가 알 바 아니고 알고 싶지도 않지만, 다카코를 아내로 맞이한 점만큼은 보는 눈이 있다고 인정해줄 만하다. 기품 있으면서도 어딘가 모르게 그늘진 분위기에 나는 점점 빠져들고 말았다.

* 술에 물을 타 희석시켜 마시는 방식.

일주일에 몇 번이고 바를 찾아가 다카코와 이야기를 나누는 동안 그녀는 내게 조금씩 마음을 열어주었고, 사생활에 관해서도 대화를 나누는 사이가 되었다.

다섯 살이 된 쇼타로라는 이름의 아들은 역시나 좀 늦되어 아직 말도 제대로 하지 못한다고 했다. 유치원에서도 다른 아이들과 잘 어울리지 못하고 선생님도 고생하는 모양이었다. 분명 상상도 못 할 만큼 고생을 해왔겠지, 하고 나는 헤아렸다.

그녀는 요리 교실을 여는 꿈을 실현하기 위해 바에서 일하고 있다고 했다. 아들이 사회에 나갈 때가 되어도 주변에 제대로 동화되지 못하면 요리 공부를 시켜서 어떤 형태로든 자기 옆에서 같이 일하게 하려고 조리사 자격증을 따둔 것인데, 언제부터인가 아들과 함께 일하는 것이 자기 자신의 꿈이 되었고, 주정뱅이를 상대하는 일도 이를 악물고 버티게 되었다고 했다.

눈을 빛내며 자신의 꿈을 이야기하는 다카코에게 나는 더욱더 마음을 빼앗겼다. 같은 반 친구로서 꿈을 이루는 데 도움이 되고 싶다고 말했으나, 그녀는 자신의 힘으로 꿈을 이루고 싶다며 내 제안을 거절했다.

그렇게 1년쯤 지날 무렵, 다카코가 요리 교실을 열기 위한 자금이 겨우 모였다며, 작은 원룸을 하나 빌려달라고 말했다.

나는 다카코가 말해주었던 예산과 이상을 기준으로 네 평 정도 되는 원룸을 소개했다. 다카코는 상당히 마음에 든 눈치였고 아들 쇼타로도 방 안을 마구 뛰어다녔다. 그때 쇼타로가 내 곁으로 다가와 눈앞에서 만세를 했다. 바지 밑단을 당기며 몇 번이나 만세 포즈를 취해 보였다.

혹시 안아서 높이 들어달라고 하는 건가……?

나는 어린아이를 안아본 적이 없었지만 본 기억을 더듬어가며 쇼타로의 옆구리 아래를 잡고 천천히 머리 위로 올려주었다. 천장 가까이 다가간 쇼타로는 천천히 미소를 지어 보이더니 "더! 더!" 하고 말했다. 더욱 높이 힘차게 올려주었고, 쇼타로는 깔깔대고 웃으며 "더 높게! 더 높게!" 하며 즐거워했다.

순간 나는 말할 수 없는 감정을 느꼈다. 귀엽다, 사랑스럽다, 그런 상투적인 말로는 다 표현할 수 없는 감정이 치솟아 오르는, 이건 도대체 무엇인가. 논리가 결코 아닌 이 감정이 바로 부성일까. 오늘 처음 만난 이 소년에게 왜 이런 감정이 드는 것인가.

다카코도 진심으로 즐거워하는 쇼타로의 미소를 보며 매우 행복해하는 듯했다.

그 뒤로도 계약을 맺을 때까지 자연스럽게 다카코와 쇼

타로와 만나게 되었고, 그때마다 쇼타로는 내게 만세를 해 보였다. 처음 만났을 때의 불가사의한 감정이 매번 되살아났고, 이 아이에게 더 많이, 더 자주 미소를 안겨주고 싶다…… 이 모자를 지켜주고 싶다…… 하는 생각이 가슴속에서 부풀었다.

그 뒤로 반년이 흘러 나는 다카코에게 정식으로 청혼했다. 다카코는 내 감정이 동정에 의한 것이 아닌가 의심하는 한편, 혹시라도 소중한 사람에게 또 버림받으면 어떻게 하지, 하는 불안을 느끼고 있었던 모양이지만, 나를 소중한 사람으로 생각해주는 것만으로도 나는 충분히 감동적이었다. 나는 그런 불안을 품지 않아도 된다고 진심을 다해 전했고, 그렇게 우리는 부부가 되었다.

다카코가 바란 대로 결혼식은 친척만 불러서 작게 치렀다. 무슨 상황인지 잘 파악하지 못한 쇼타로는 딱딱한 결혼식 분위기에 압도되어 예식 도중에 울어버리고 말았다.

우리는 신속하게 식을 마치고 세 명이서 항상 찾던 공원으로 향했다. 가족이 되는 데에 형식 따위는 관계없다. 지금 이 순간을 셋이 함께하는 것 자체가 나에게는 무엇과도 바꿀 수 없는 행복이다. 나는 푸르게 자란 잔디 위에서 다카코의 특제 샌드위치를 한입 가득 물고, 쇼타로가 질리도록 하늘 높이 올려주었다.

쇼타로는 내 머리 위에서 하늘을 손가락질하며 "나도 샌드위치!"라고 말했다. 무슨 뜻인가 들어보니, 푸른 하늘과 푸른 잔디 사이에 낀 자기도 샌드위치라는 것이다. 깔깔대고 웃으며 몇 번이고 "샌드위치!"라고 외쳤다.

어느새 쇼타로는 나를 '우라빠'라고 부르게 되었다. 다카코의 말로는 쇼타로가 좋아하는 애니메이션 주인공이 아빠를 그렇게 부른다고 했다. 쇼타로가 구사할 수 있는 몇 안 되는 단어 중에 나를 부르는 말이 포함되어 있다는 사실이 나는 자랑스러웠다.

다만 한 가지 마음에 걸리는 것이 있었다. 카메라맨 견습생이었던 다카코의 전 남편은 사진 구성 연습용으로 사용한 폴라로이드 카메라를 남겨둔 채 떠났는데, 새 카메라를 손에 넣은 것인지 아니면 쇼타로에게 선물로 남겨두고 간 것인지 진의는 알 수 없지만, 쇼타로는 매일매일 그 카메라를 목에 걸고 유치원에도 가지고 갔다. 아무리 선명한 기억이 없다 하더라도 역시 친아버지의 온기는 잊을 수 없는 것일까. 나는 친부에게 미약하게나마 질투심을 품고 있는지도 몰랐다.

그런 작은 갈등을 안으면서도 셋이서 함께하는 나날은 정말로 행복했다. 다만 쇼타로가 다른 아이들보다 늦되는 느낌은 지울 수가 없었다. 초등학교에 입학할 때는 단체 생활이 가능한 정도의 말을 하게 되기는 하였으나 교실에 얌전히 앉아 있는 것이 불가능했고, 고학년이 되어도 산수를 못한다거나 가만히 앉아 있지 못하는 등 학교 수업을 따라가지 못해 매우 곤란한 상황에 처하게 되었다. 결국 쇼타로는 평범한 학급이 아니라 특별 교실에서 수업을 받게 되었다. 그럼에도 주변 아이들이 상황을 이해해주기란 어려운 일이어서 어느 날부터인가 쇼타로는 학교에 가지 않게 되었다.

그러던 어느 날, 쇼타로가 새끼 고양이를 주워 왔다.

"원래 있던 장소에 데려다 놓으렴."

동물이 죽으면 이별로 마음이 아프다는 사실을 경험한 나는 순수한 쇼타로가 그런 슬픔을 극복하지 못할 거라 생각하고 키우지 못하게 했다.

솔직한 쇼타로는 새끼 고양이를 원래 있던 곳에 놓고 왔지만, 며칠 후 그 새끼 고양이는 차에 치여 죽고 말았다…….

죽음을 이해하고 있는지는 알 수 없지만 새끼 고양이의 처참한 모습을 보고 만 쇼타로는 슬픔에 잠겨 며칠이고 방에서 나오지 않았다.

나는 새끼 고양이를 키우도록 허락하지 않은 것을 후회했다. 이미 구한 생명의 목숨을 내버리고, 쇼타로에게 상처를 주고 말았다. 그래서 방에 틀어박힌 쇼타로와 놀아줄 동무가 있으면 좋겠다는 생각에 개를 키우기로 했다. 쇼타로가 웃음을 되찾으면 좋겠다…… 다카코처럼 쇼타로도 꿈을 갖고 살았으면 좋겠다……. 그런 바람을 품고, 개 이름을 '유메'라고 지었다.

다카코와 결혼한 지 10년이 지나 쇼타로도 올해로 열여섯 살이 된다. 일반적으로는 고등학교 1학년이 될 나이지만 여전히 쇼타로는 학교에 가지 않는다.

유일하게 다행인 점 하나는 다카코가 염원하던 대로 요리에 흥미를 가지게 된 것이다.

글씨를 쓰거나 읽거나 하는 일은 불가능한 쇼타로지만 다카코의 뒷모습을 쭉 보고 자라온 덕분에 언제부터인가 자연스럽게 요리의 기초나 수순을 익혔던 것이다.

쇼타로가 요리를 익힌 것을 다카코는 마음 깊이 즐거워했다. 그런 다카코의 요리 교실은 순조롭게 확대되어 지금은 당시의 다섯 배나 되는 곳에서 가르치고 있다. 학생들도 매년 불어나고 있어 매우 바쁜 모양이다.

이와는 반대로 일의 대부분을 부하 직원에게 맡기게 된 나는 시간이 남아돌아 파친코에 열중하는 나날을 보냈다.

그런 연유로 오늘도 평소처럼 파친코 가게에 들렀는데 종업원 고로가 진지하게 청소를 하고 있었다. 평소에는 벤치에 앉아 담배나 피고 있는데 아무래도 요사이 마음을 다

잡고 일하는 모양이다.

"야, 고로, 또 땡땡이치는 거 아니지?"

나는 고로를 놀려주었다.

"아, 사장님, 안녕하세요. 땡땡이 안 쳤거든요. 이래 봬도 점장 후보라고요. 맨날 대충대충 살 수는 없잖아요. 참, 방금 전에 유미코 아줌마가 사장님네 개를 산책시키고 있던데요. 여기 올 시간 있으면 자기 손으로 산책시켜주지그래요."

"뭘 모르네, 이 녀석. 내가 산책시키면 그 아줌마가 파친코 할 돈이 안 생길 거 아니냐. 그럼 이 가게 망해."

이렇게 농담을 주고받으며 고로랑 이야기나 하려고 평소대로 캔 커피를 사서 벤치에 앉았다. 유미코 씨가 신경 쓰고 있는 '입양 부모 찾기 노트'를 펄럭펄럭 넘겨보는데 새로 붙여놓은 듯한 사진을 보고 나는 깜짝 놀랐다.

물이 든 양동이 안에서 새끼 고양이가 위를 보고 있는 사진이었다. 새끼 고양이에 놀란 것이 아니라, 그 사진을 붙인 것이 쇼타로라는 사실을 단번에 알아차렸기 때문에 놀랐다. 언제나 목에 걸고 있는 그 카메라로 찍은 것이니까.

친아버지가 두고 간 카메라는 촬영과 현상이 동시에 가능한 폴라로이드 카메라로 요새는 전용 필름을 파는 곳이 줄어든 데다 몇 번이나 수리를 맡겨가며 계속 사용해왔기 때문에 쇼타로가 찍은 사진임을 금방 알 수 있었다. 게다가 사진을 붙이기 위해 쓴 스티커도 집 리모컨이나 기둥에 붙어 있는, 쇼타로가 좋아하는 스티커였다.

이런 잔혹한 사진을 왜 찍은 것일까. 어쩌면 쇼타로가 그 새끼 고양이를 양동이에 집어넣은 것일까. 동물을 괴롭히는 일 같은 건 지금까지 한 번도 한 적이 없었는데…….

적어도 쇼타로가 죄를 짓는 일은 미연에 막고 싶다. 아무리 악의가 없다고 하더라도 이대로 두면 새끼 고양이가 죽고 만다. 다시 쇼타로가 이 장소에 찾아갔을 때 양동이 안의 새끼 고양이의 숨이 끊어져 있기라도 한다면 예전처럼 마음을 닫아버릴지도 모른다. 무슨 일이 있더라도 이 새끼 고양이를 구해야만 한다…….

"이 사진에는 어디서 찍었다, 같은 설명이 없디?"

가능한 한 아무렇지도 않은 척 나는 고로에게 질문했다.

"네, 아무 설명도 없더라고요. 어디서 어떻게 그렇게 됐는지도 모르겠고. 그 사진 말고 다른 사진이 또 있어서 그걸 단서로 삼아 유미코 아줌마랑 히로무가 찾으러 갔어요. 아, 유메도 같이."

"유메도?"

"네, 사진에서 고양이 냄새라도 맡은 모양인지 유메가 사진을 막 핥더라고요. 그래서 혹시 냄새로 찾아낼 수 있지 않을까, 하고. 방금 잡목림 있는 데로 갔어요."

"역 건너편에 있는 그 잡목림……?"

"네, 지금은 쓰레기 산이 됐죠."

"……."

"사장님도 그 고양이가 걱정되시나요?"

"아, 그런 게 아니라……. 뭐, 걱정이 되기는 하지."

고로의 말대로라면 새끼 고양이가 있는 곳은 아마도 지인이 소유하고 있는 잡목림일 것이다. 쓰레기 산이 되기 전 쇼타로를 데리고 놀러간 그곳인지도 모른다. 비밀 기지를 만들거나 하며 초등학생이었던 쇼타로와 즐거운 시간을 보냈던 곳이다.

히로무와 유미코 씨가 새끼 고양이를 발견하면 반드시 범인을 찾으려고 하겠지. 일이 그렇게 되기 전에 어떻게 해서든 내가 먼저 처리해야 한다.

그리고 내가 살아 있는 동안 쇼타로에게 선악의 구별 정도는 가르쳐줘야만 한다……. 앞으로도 계속 같이 살 수 있다면 시간을 들여서 천천히 가르치면 된다. 그러나 내 남은 목숨은…… 얼마 되지 않는다. 내게 남은 시간은 그리 길지 않다.

지난달 직원들의 권유로 받은 건강검진에서 몸 여기저기에 종양이 있다는 사실을 알았다. 내 안에서 자리 잡은 그놈들은 어떤 선진 의료 기술을 구사하더라도 어찌할 도리가 없다고 했다.

지금까지 감기 한 번 걸린 적 없던 몸이라 누가 차트를 잘못 놓은 게 아닌가, 하고 몇 번이나 의사와 확인을 했지만 결과는 변함이 없었다.

나는 쉰둘이라는 짧은 인생을 뒤돌아보았다. 이대로 죽을 수는 없다. 회사는 누가 잇는단 말인가. 쇼타로가 회사를 잇는 것은 무리다. 현실적으로 이런 국면에 처하자 솔직히 쇼타로에 대해 조금은 불안과 걱정이 들었다.

쇼타로가 내 죽음을 이해할 수 있을까. 언제나 같이 있던 아저씨가 어느새 없어졌다…… 정도로만 인식하는 것은 아닐까. 아니, 그 정도면 차라리 좋을지도 모른다. 혼자서는 장도 볼 수 없는 쇼타로를 두고 가는 일이 회사의 존망보다 걱정이었다. 그리고 다카코도……. 청혼했을 때 그녀가 가장 걱정했던 일, 혹시라도 소중한 사람에게 또 버림받으면 어떻게 하지, 하는 불안이 현실이 되어버리게 만든 나 자신이 한심했다. 나의 뜻과는 상관없는 일이지만 결과적으로 지켜주지 못한다는 사실에는 변함이 없다.

여태까지 쌓아 올린 회사도 가족의 끈도 눈에 보이는 것도 안 보이는 것도 그 어떤 것도 남기지 못하는 인생이라니, 도대체 무엇을 위한 것이었을까.

이 새끼 고양이 사진을 보며 문득 나 자신의 삶이 허무하게 느껴졌다.

적어도 쇼타로가 사람의 길에서 벗어나는 일은 겪지 않게 하고 싶다.

지금 이 순간 내가 할 수 있는 일이라고는 쇼타로가 죄를 짓지 않게 하는 것……. 남들에게는 당연한, 일상의 별것 아닌 상식일지도 모르지만, 쇼타로에게는 그렇지 않을 수 있다. 아버지인 내가 해야 할 일은 일단 새끼 고양이를 구하는 것이다.

나는 남은 커피를 단숨에 비우고 노트를 벤치에 내려놓았다.

"나 먼저 간다. 일 똑바로 하고."

"에? 벌써 가시게요? 방금 막 오셨잖아요?"

"뭐, 이래 봬도 사장이잖아. 가끔은 일해야지."

"가끔……? 그럼 조심해서 들어가세요."

최대한 자연스럽게 고로에게 인사를 건넨 뒤 곧바로 차에 올라탔다.

*

사고가 난 지 일주일이 지났다. 기적적으로 오른쪽 발목 골절로 끝난 가도쿠라 씨가 자택에서 요양 중이라는 말을 듣고, 나와 히로무는 병문안을 가기로 했다.

커브를 도는 와중에도 브레이크를 밟은 흔적이 없었던 것은 역시 간호사의 예상대로 차에 태웠던 새끼 고양이가 차 안을 돌아다니다 브레이크 페달 아래로 들어가버렸기 때문이었다.

왜 가도쿠라 씨가 새끼 고양이를 구했나, 하는 의문점에 대해서도 쇼타로의 어머니가 진상을 알려주었다. 우리가 쇼타로는 악의가 있어서 새끼 고양이를 양동이에 넣은 게 아니라고 전하자, 다카코 씨는 가슴을 쓸어내리며 가도쿠라 씨에게 전하겠다고 했다.

또한 사고 직후에 한 심각한 수술은 외상 치료뿐만 아니라 파열되어버린 종양 일부를 지혈하기 위한 수술이었다고 했다. 병원에서 보호하고 있던 새끼 고양이는 가벼운 상처를 입었지만 체력이 너무 약해져서 유미코 아줌마가 간호해 주었다.

화려한 현관에서 신발을 벗고 우리는 가도쿠라 씨의 방으로 들어갔다. 그곳에도 고가의 예술품이 장식되어 있어서 발을 들이자니 조금 긴장되었다.

가도쿠라 씨가 요양하고 있는 침대 옆에 쇼타로가 유메와 놀고 있었다.

"헤이, 쇼타로."

히로무가 평소대로 쇼타로에게 말을 걸자, 쇼타로도 "헤이!" 하고 대답했다. 아마도 내가 모르는 사이 못된 버릇을 가르쳐준 모양이다.

"헤이!"

조금 야윈 가도쿠라 씨도 쇼타로처럼 기운찬 모습을 보여주려 했으나, 곧바로 피곤한 기색을 내비쳤다.

"이거, 이상한 일에 끼게 해서 미안한데."

"일부러 죽이려고 해도 안 죽을 거 같은 사장님이 무슨……. 몸 아픈 거에 지지 말라고요."

약한 말을 하는 가도쿠라 씨를 응원하기라도 하듯 히로무가 말했다.

하지만 가도쿠라 씨의 기분은 되살아나지 않았고, 여전히 약한 말을 하고 있었다.

"내 인생, 도대체 뭐였을까."

가도쿠라 씨와 만난 지 3년이 지났지만 이렇게 풀이 죽은 모습은 처음이었다.

"저한테 '너…… 뭐 때문에 사는 거냐?'라고 물어보셨던 건 사장님이시잖아요. 그런 말씀은 그만두세요. 그 질문, 저한테 꽤 깊숙이 박혔으니까."

"그러고 보니 그런 말도 한 적이 있었지. 건방지게 그런 소리나 하고, 미안하다……."

"아뇨, 전 감사하고 있어요. 사장님이 그 말을 해주시지 않았더라면 저는 지금까지 객관적으로 제 인생을 마주할 일이 없었을 테니까요. 왜 태어났을까, 하고 부정적인 생각을 한 적은 있어도, 살아 있는 의미를 생각해본 적은 없었던 것 같거든요."

"그렇게 말해주면 나야 고맙지. 하지만 나는 자꾸만 여태까지 무엇을 하고 살아온 걸까, 하고 생각하게 돼. 쇼타로에게 회사를 잇게 하는 것도 무리고, 부모 자식의 인연이라는 것도 결국 남기지 못한 것 같고……. 내가 고작 남길 수 있는 건 쓰면 끝인 돈뿐인 것 같아."

죽음을 앞두고 가도쿠라 씨는 슬픔의 밑바닥에서 혼자 허우적대고 있는 것처럼 느껴졌다. 자기가 걸어온 인생을 부정하고 있는 가도쿠라 씨를 어떻게 해서든 구해주고 싶었다. 방법이 없을까. 넉살 좋은 히로무도 지금은 아무 말 없이 사장님의 말을 듣고 있었다.

그러자 이 무거운 공기에 위화감을 느낀 것인지 쇼타로가 방에서 나가버렸다. 그리고 몇 분 뒤, 커다란 종이봉투 하나와 작은 봉투를 들고 방으로 돌아왔다.

쇼타로는 자기를 뒤따르는 유메에게 "잠깐 기다려" 하고 말하더니, 가도쿠라 씨에게 다가가 커다란 종이봉투를 건네며 말했다.

"우라빠, 천국으로 가는 거지?"

우리는 깜짝 놀랐다. 건드려서는 안 되는 마음의 스위치를 망설임 없이 꾹 눌러버리는 그 말에 식은땀이 났다. 하지만 가도쿠라 씨는 침착하게, 그리고 다정하게 "응, 맞아" 하고 대답했다. 쇼타로가 말했다.

"엄마가 알려줬어. 우라빠는 사장님 일을 졸업하는 거라고. 천국에서는 일 안 해도 된대. 그래서 죽는 거는 슬픈 게 아니라고 했어. 그래서 나 우라빠 주려고 이거 만들었어."

쇼타로에게서 커다란 종이봉투를 받아 든 가도쿠라 씨는 안에서 파일 같은 것을 꺼냈다. 두께가 20센티미터는 되어 보이는 파일의 표지에는 '조럽엘범'이라고 적혀 있었다.

"이건……."

가도쿠라 씨는 쇼타로가 손으로 만든 앨범을 한 페이지 넘기더니 떨리는 입술을 꾹 깨물었다. 첫 페이지에는 꾹꾹 눌러 쓴 커다란 글자로 이렇게 적혀 있었다.

사장님 조럽을 추카드리니다.

"이거, 네가 직접 쓴 거니?"

"응! 히로무가 글자 가르쳐줬어."

나와 가도쿠라 씨의 시선을 느낀 히로무는 손으로 브이

자를 해 보였다.

"뭐든 다 하는 심부름센터니까."

나는 설마, 하는 생각에 캐물었다.

"히로무, 혹시나 해서 물어보는 건데 너 쇼타로에게 보수를 받은 건 아니지?"

"응? 받으면 안 되는 거야? 뭐, 이것도 보수라면 보수니까. 그치, 쇼타로?"

그러자 쇼타로는 손에 들고 있던 작은 봉투 하나를 히로무에게 건넸다.

"언제나 친절 봉사!"

히로무가 답하며 작은 봉투를 받아들었다. 그리고 봉투 안에서 보수를 꺼냈다. 랩 샌드위치였다. 히로무는 곧바로 한 입 베어 물었다.

"헉! 완전 맛있어! 쇼타로 천재!"

그리고 가도쿠라 씨에게 샌드위치를 하나 건네고는 다시 말했다.

"사장님, 이렇게 맛있는 샌드위치를 만드는 아들이 있는데 그런 넋두리나 늘어놓으면 되겠습니까? 이 샌드위치, 원래 사모님 주특기죠? 맞죠? 쇼타로가 부모님의 꿈이나 마음을 제대로 이어받았네요. 회사 안 이어받으면 어때, 더 크고 중요한 걸 이어받았는데. 안 그래요?"

가도쿠라 씨는 히로무에게 건네받은 샌드위치를 한 입 베어 물었다.

"맛있네……."

샌드위치를 다 먹은 가도쿠라 씨는 쇼타로가 만든 앨범을 몇 장 더 넘겼다. 앨범에는 사진만 정리되어 있는 게 아니라 좋아하는 스티커도 붙어 있었고, 색 볼펜으로 알록달록하게 그린 그림도 있었다. 가도쿠라 씨와 쇼타로가 가족이 되고 난 뒤로 10년 동안 쌓인 추억이 가득가득 담겨 있는 앨범이었다.

가도쿠라 씨가 웃고 있는 사진부터 다카코 씨가 만든 여러 가지 요리나 그 둘의 뒷모습, 잠든 유메의 얼굴, 그리고 산책하던 낯익은 길을 찍은 사진들……. 특히 많은 것이 공원 사진이었다.

푸른 하늘과 푸른 잔디가 인상적인 공원이었다. 사진 속의 가도쿠라 씨가 쇼타로에게 있어 누구보다 소중한 아버지라는 것은 누가 보아도 틀림없는 사실이었다.

쇼타로가 카메라를 언제나 들고 다닌 것은 친아버지가 두고 간 물건이어서가 아니라 '추억'과 '마음'을 실물로 남기기 위한 수단이었기 때문은 아닐까.

무의식적으로 말을 대신할 필수품으로 삼은 것이다. 사진은 쇼타로의 말 그 자체인 것이다.

쇼타로는 앨범을 손에 든 가도쿠라 씨의 곁으로 다가와 한 장의 사진을 손가락으로 가리키며 말했다.

"나 있지, 이 사진이 가장 좋아."

그 사진은 작은 맨션의 방 안에서 가도쿠라 씨가 쇼타로를 안고 높이 들어 올린 사진이었다. 아마도 다카코 씨가 찍은 사진일 것이다. 쇼타로도 가도쿠라 씨도 최고의 미소를 짓고 있었다.

자기가 만든 앨범을 넘기며 문득 쇼타로가 말했다.

"우라빠, 사장은 졸업해도 되지만 '아버지'는 졸업하면 안 돼. 천국에 가서도 '아버지'는 꼭 잊지 말고 계속해야 해, 알았지?"

가도쿠라 씨는 우리에게 등을 보였다. 등이 작게 떨렸다.

설령 쇼타로가 죽음을 이해하지 못한다 하더라도 어딘가에서 우라빠에게 사랑받고 있다는 확신은 앞으로 살아가면서 계속해서 느끼고 또 느끼겠지. 어떠한 곤란한 일에 닥친다 하더라도 가도쿠라 씨의 사랑은 쇼타로에게 있어서 무엇과도 바꿀 수 없는 마음의 무기가 되어, 쇼타로 자신을 지켜줄 것이 틀림없다.

가도쿠라 씨가 다시 침대에 눕자 방문을 노크하는 소리가 들렸다.

"예."

가도쿠라 씨가 대답하자 새끼 고양이를 데리고 온 유미코 아줌마가 안으로 들어왔다.

"어머, 사장님, 힘이 넘쳐 보이시네?"

언제나 그렇듯 명랑한 아줌마의 목소리는 방 안의 공기를 눈 깜빡할 사이에 밝게 바꾸어주었다.

새끼 고양이를 쇼타로의 팔로 건네주려는 찰나, 맡은 적 없던 냄새에 반응한 것인지 유메가 새끼 고양이에게 다가왔다.

"유메, 예쁘다 예쁘다 해줘야지."

상냥한 쇼타로의 말에 충직하게 따르듯 유메는 쇼타로의 팔에 안겨 있는 새끼 고양이를 혀로 날름 핥아주었다. 조심조심 유메 옆에 새끼 고양이를 두자 처음 만났다고는 생각하기 어려울 만큼 유메에게 마음을 허락하고 애교 부리는 목소리로 야옹, 하고 울었다. 그리고 더욱 놀라운 광경을 방 안에 있는 모든 사람들이 목격했다.

놀랍게도 새끼 고양이가 양손으로 유메의 배를 꾹꾹 누르며 젖을 먹는 것이 아닌가! '꾹꾹이'라고 하는, 새끼 고양이가 어미 고양이에게 예쁨받으려고 할 때 하는 행동이다.

개가 고양이에게 모유를 먹이는 일은 전례가 몇 번 있기는 하지만 눈앞에서 본 것은 처음이라며 유미코 아줌마가 감동했다.

"혹시 유메가…… 상상임신을 한 게 아닐까?"

"상상임신?"

유미코 아줌마의 말에 쇼타로가 되물었다.

상상임신이란 상상이나 자기만의 생각이 너무 깊어져서 몸이 착각을 일으켜 실제로 임신한 것 같은 몸 상태가 되는 것을 말한다. 유메는 처음 만난 새끼 고양이를 자기 새끼라고 생각한 나머지 뇌가 몸에게 어머니가 되었다고 지령을 내려 정말로 모유가 나오게 된 것이다.

행복한 모습으로 유메의 젖을 빠는 새끼 고양이의 모습을 보며 가도쿠라 씨가 쇼타로에게 말을 건넸다.

"쇼타로, 아빠도 너랑 처음 만났을 때 마음속 깊이 네가 내 아들이었으면 하고 생각했단다."

"나랑 처음 만났을 때……?"

"응, 엄마랑 요리 교실을 열려고 작은 맨션 원룸을 빌리러 갔을 때 아빠는 꿈을 이야기하는 네 엄마도, 그 옆에서 신나서 노는 너도 본능적으로 지켜주고 싶다고 생각했었어. 이유는 필요 없어, 이 사람들과 가족이 되고 싶어, 하고 생각했지. 그러니까…… 아빠 꿈을 현실로 이뤄줘서 고맙다, 쇼타로. 정말로 고마워. 내 아들이 되어주어서…… 고마워."

가도쿠라 씨는 쇼타로를 자기 품에 안고 꼭 안아주었다. 꼭, 꼭, 안아주었다.

가족으로 산다는 것에 혈연 따위는 상관없다. 서로가 서로를 필요로 하고, 슬픔과 연약함을 서로 뒷받침해주고, 인생이라는 이름의 길을 서로 손 잡고 걷고 싶다고 바라는 것. 그 마음이 가족이라는 인연의 끈을 강하게 엮어주는 것이 아닐까.

두 사람의 모습을 바라보던 히로무의 옆얼굴은 어딘가 모르게 부러워하는 것처럼 보였다. 어렸을 때부터 고아원에서 살아온 히로무의 마음속 구멍에 가도쿠라 씨 가족이 맺은 인연의 한 조각이 들어와 잠시나마 그 구멍을 메워준 것은 아닐까. 물론 똑같이 어머니에게 버림받은 내 마음속 구멍에도 이 가족의 따뜻한 인연의 조각이 스며들었다.

어쩌면 혹시 반짝반짝 빛나는 인연의 조각은 모든 사람의 손안에 있는 것인지도 모른다…….

각자가 품고 있는 인연 한 조각을 꺼내 들면 그 어떤 보석도 흉내 내지 못할, 이 세상에 오직 단 하나만 있는 반짝임이 뿜어져 나올지도 모른다……. 그렇게 모인 인연 조각은 가족이라는 색채의 빛이기도 하고, 우정이라는 색채의 빛이기도 할 것이다. 같은 반짝임은 단 하나도 없는 인생의 보물일 것이다.

그리고 지금 새로운 가족이 되려고 하는 유메와 새끼 고양이도 서로가 몸을 가까이 하고 이 세계에 단 하나뿐인 인연의 빛을 내고 있다. 젖을 배불리 먹은 새끼 고양이는 폭신폭신한 유메의 배 위에서 잠들었다. 분명 착한 '어미 개'와 술래잡기를 하며 노는 꿈을 꾸고 있겠지. 설령 유메의 모유가 상상임신에 의한 것이라고 해도 진짜 임신해서 나오는 모유인지 아닌지는 새끼 고양이에게는 아무 상관이 없다. 서로가 바라는 마음이 진심이라면 모든 것이 거기에서 출발한다. 정말로 중요한 것은 지금 이 순간 어떻게 살 것인가. 바로 그것이니까…….

*

2개월 후

마을에서 가장 부자라 불리던 가도쿠라 씨의 장례식은 성대하게 치러졌다.

가도쿠라 씨의 뒤를 이을 새로운 사장은 도쿄에서 건설회사를 운영하는, 가도쿠라 씨의 동생으로 결정되었다. 호쾌한 성격이었던 가도쿠라 씨와는 다르게 동생은 무척 섬세한 성격이어서 회사가 새롭게 다시 태어날 것 같다고 유미코 아줌마가 말했다.

어떤 형태로 다시 태어나든 가도쿠라 씨가 지켜온 가족의 인연은 변할 일이 없다.

가도쿠라 씨가 보여준 아버지와 아들의 사랑은 나에게도 살아갈 힘을 주었다.

나는 가도쿠라 씨가 좋아하던 슬롯머신 위에 그가 언제나 마시던 캔 커피와 담배를 매일매일 올려두고 있다.

그는 가족에게도 이 마을에게도 사랑받았다. 그리고 우리를 사랑해주었다.

계절이 훌쩍 지나 가을이 되었고 휴게실 창문 밖으로 나뭇잎 색이 붉게 물들어갔다.

유메를 산책시키는 유미코 아줌마가 슬슬 나타날 시간인데, 하고 내다보려는데 사무실 전화가 울렸다.

수화기를 들어보니 옆 마을에 있는 고양이 카페로부터 걸려온 문의 전화였다.

가게 앞에 놓아둔 '입양 부모 찾기 노트'를 본 모양인지, 고양이를 몇 마리 데려가고 싶다고 했다.

아니, 언제부터 이 가게가 입양 부모 찾기 접수처가 된 거지, 하고 생각하면서 일단 자세한 이야기는 유미코 아줌마에게 직접 말하라고 전한 뒤, 연락처를 받아 적고 수화기를 내려놓았다.

그 직후 창문 밖에서 "고로!" 하는 유미코 아줌마의 목소리가 들려왔다.

이 문의 전화가 유미코 아줌마의 인생을 바꿀 사건의 시작이었다는 사실을 알 리 없었던 나는 별 생각 없이 1층으로 내려갔다.

제3부

투명한 출발선

휴게실을 나와 가게 앞으로 나가보니 길고양이 미이에게 먹이를 주고 있는 유미코 아줌마의 모습이 보였다. 유메는 유미코 아줌마 발 옆에 예의 바르게 앉아 있었다.

유미코 아줌마는 가도쿠라 씨가 세상을 떠나고 난 뒤로는 아르바이트가 아니라 호의로 유메의 산책을 이어오고 있었다.

"유미코 아줌마, 마침 옆 마을 고양이 카페에서 문의 전화가 왔는데요."

내 목소리에 반응한 유메는 어리둥절한 표정으로 나를 올려다보았다.

"옆 마을…… 고양이 카페?"

"아니, 다 좋은데, 언제부터 여기가 동물 보호 문의 접수처가 된 거예요?"

"응? 이야기 안 했었나? 우리 집 전화로 하면 남편이 받더라도 나한테 전달하는 걸 까먹어버려서. 여기로 해놓으면 고로도 있고 하니 잘 전달해 줄 것 같더라고."

더 이상 말해봐야 소용없을 거라 생각한 나는 일단 고양이 카페로부터 받은 문의 내용을 그대로 전했다.

"응? 고양이를 몇 마리 데려가겠다고? 정말 그렇게 이야기했어?"

"자세한 이야기는 아줌마한테 직접 말하라고 하고 끊었는데, 잘한 거 맞죠?"

"잘했어, 잘했어! 고맙다, 고로. '입양 부모 찾기 노트' 만들길 잘한 것 같아. 드디어 제몫을 하는 날이 왔네. 이런 기회가 더 늘어나면 불쌍한 동물이 더 많이 구제받을 거야."

유미코 아줌마는 매우 기쁜 모양인지 유메의 머리를 쓰다듬으며 연실 "그치? 그치?" 하고 유메의 동의를 구했다.

나는 고양이 카페 주인의 연락처를 유미코 아줌마에게 전해주었다.

"잠깐만 기다리렴."

유미코 아줌마는 유메의 목줄을 나에게 주더니 휴대폰을 꺼내 다급하게 고양이 카페 전화번호를 눌렀다.

인사를 하고 이런저런 이야기를 마친 뒤 전화를 끊은 유미코 아줌마는 내 쪽을 보며 말했다.

"저기, 일 끝나고 차 한 잔 안 마실래?"

일이 끝난 뒤 내가 특별히 할 일이 없다는 사실을 잘 아는 유미코 아줌마는 옆 마을 고양이 카페에 같이 가자고 억지로 꼬셔댔다.

"오늘은 좀 그런데……."

"그럼 저녁 6시에 여기서 기다릴게."

거절할 이유를 찾으면서 어물어물 대답하려는 나를 두고 유미코 아줌마는 유메와 함께 산책을 가버렸다.

오후 6시. 점장님의 차를 빌려 유미코 아줌마와 함께 고양이 카페로 향했다. 첫인상은 평범한 가정집처럼 보이는 카페였다. 화살표를 따라가니 나타난 주차장에 차를 세우고, 손으로 직접 만든 것으로 보이는 간판 옆에 있는 초인종을 누르자 인터폰에서 목소리가 들려왔다.

"예, 어서 오세요."

불투명유리로 된 문을 밀어 열자 안에는 15평 정도 되는 넓은 거실에 둥근 앤티크 테이블과 작은 의자가 여기저기 다섯 세트쯤 놓여 있었다. 차를 마시는 것보다는 고양이와 마루에서 노는 것이 주가 되는 곳 같았다. 자기가 주인이라는 표정을 한 고양이가 바닥에 뒹굴뒹굴 누워 있었고, 다른 고양이들이 캣타워나 캣워크 위에 한껏 늘어진 모습으로 앉아 있었다.

"안녕하세요? 처음 뵙겠습니다."

거실 안쪽에서 사십대로 보이는 여성이 모습을 드러내더니 우리에게 인사를 했다. 귀여운 고양이들의 모습에 흥분해 있던 유미코 아줌마는 함박웃음을 지으며 대답했다.

"안녕하세요?"

"여기까지 오시게 해서 죄송해요. 자, 이쪽에 앉으세요. 블루베리 티를 가져다드릴게요."

가게 주인으로 보이는 여성은 다시 거실 안쪽으로 들어갔다.

나는 주변을 둘러보며 앤티크 의자에 앉았다. 유미코 아줌마는 마루에서 뒹굴뒹굴 놀고 있는 고양이들을 차례차례 쓰다듬어주었다.

잠시 뒤 좋은 과일 향과 함께 여성이 돌아왔다. 블루베리를 말려서 만들었다는 차를 테이블에 두더니, 네모난 쟁반을 가슴 쪽으로 끌어안으며 말했다.

"바로 와주셔서 너무 기분이 좋네요. 전화를 받아주셨던 건……."

"아, 접니다."

“그러셨군요. 감사합니다. 동물 보호에 힘써주시는 분이라니, 동물을 진정으로 사랑하시는 분인가 봐요.”

나는 당신이 전화를 건 곳이 헐어 빠진 파친코 가게였다고 말하려다가 유미코 아줌마의 체면을 생각해서 블루베리티와 함께 그 말을 삼켜버렸다. 여성은 쟁반을 테이블 위에 두고 주머니에서 명함을 꺼내 나와 유미코 아줌마에게 내밀었다.

점장 사토 구미코(佐藤久美子)

유미코 아줌마는 명함을 두 손으로 정중히 받아들었고, 두 사람은 그제야 본 이야기로 들어갔다.

“이곳 고양이 카페에서는 보시는 바와 같이 아이들을 편하게 풀어놓고 기르고 있어요. 유리 안에 고양이를 가두는 카페도 있지만 저희는 ‘고양이를 관람하는 것’보다 ‘자기 집에서 고양이와 노는 느낌’을 손님들에게 전해드리고 싶거든요.”

사토 씨의 말에 고개를 끄덕이며 듣고 있던 유미코 아줌마가 말했다.

“하지만 풀어놓고 키우다 아이들을 험하게 다루는 사람이 오거나 하면 어쩌죠?”

질문을 받은 사토 씨는 유미코 아줌마의 불안을 풀어주기 위해서인지 미소를 지으며 말했다.

"물론 그런 일이 없도록 저희는 완전히 회원제로 운영하고 있어요. 신원을 확실히 밝힌 분들만 이용하는 장소라 험하게 다루거나 위험한 짓을 하는 사람은 여태까지 한 명도 없었어요. 아이들의 안전은 걱정하지 않으셔도 괜찮습니다."

유미코 아줌마는 고개를 크게 끄덕였다. 사토 씨는 이야기를 계속했다.

"저희 쪽에는 페르시아고양이나 러시안블루 같은 혈통서가 붙은 아이들 말고도 버림받은 아이들도 있어요. 간혹 키우고 싶다는 손님이 나타나시면 입양을 보내는 경우도 있고요."

"사토 씨, 한 말씀 드려도 괜찮을까요?"

유미코 아줌마가 진지한 얼굴로 말했다.

"아, 네."

유미코 아줌마는 갑자기 벌떡 일어서더니 사토 씨의 손을 꼭 잡으며 뜨거운 마음을 전했다.

"사토 씨, 전 당신 같은 분을 쭉 기다려왔어요! 이렇게 훌륭한 일을 하시는 분과 만나게 되다니! 저, 저는 지금 감동하고 있어요!"

사토 씨는 놀라서 주춤거리면서도 일어나 유미코 아줌마의 손을 더욱 꽉 쥐었다.

"저 같은 사람도 도움이 된다면 앞으로도 유미코 씨 일에 협력하고 싶습니다."

의기투합한 두 사람은 이야기를 착착 진행시키더니 '입양 부모 찾기 노트'에 실려 있는 고양이 다섯 마리를 사토 씨가 운영하는 고양이 카페에 맡기기로 합의했다.

형식적인 절차가 진행되는 사이 사토 씨는 유미코 아줌마의 가족 구성에 대해 물어보았다.

"제 가족요? 남편이랑 딸이랑 셋이 살아요."

"응? 아줌마한테 딸이 있었어요?"

나는 아무 생각 없이 대화에 끼어들었다.

"올해로 스무 살이 되는데 몸이 많이 약한 아이에요……. 밖에는 잘 안 나오고 평소에는 집에서 동물 뒷바라지를 해요."

"마음씨 고운 따님이시네요."

사토 씨가 말하더니 서류의 가족 구성란에 세 명이라고 기입했다.

"그럼 일요일에 뵐게요."

수속이 모두 끝난 뒤 유미코 아줌마는 고양이들의 머리를 다시 차례로 쓰다듬고는 카페를 나가려 했다. 바로 그때

불투명유리로 된 문이 열리더니 젊은 여자 손님이 안으로 들어왔다.

"아! 레미 씨, 얼른 들어와요."

사토 씨는 단골로 보이는 젊은 여자에게 '어서 오세요'가 아니라 '얼른 들어와요'라고 말했다. 이런 배려가 이 카페의 따뜻한 분위기를 만드는 것이겠지.

"다녀왔습니다, 구미코 씨."

인사를 받은 레미라는 이름의 여성이 대답했다.

"안녕하세요?"

유미코 아줌마도 곧바로 레미 씨에게 인사했다.

사토 씨는 레미 씨에게 그동안 진행된 일을 설명했고, 그녀는 고개를 끄덕이며 말했다.

"어머, 동물 보호 활동을 하시는 분이셨군요. 실은 저도 몇 년 전에 길에서 주운 삼색 고양이랑 함께 살고 있거든요. 그런데 제가 집에 늦게 가는 날에는 혼자서 외로워하는 것 같아서…… 그래서 가끔씩 여기 들러서 우리 집 아이 소개팅해줄 상대를 찾고 있어요."

따뜻한 미소를 짓는 그녀의 얼굴은 순간적으로 분위기를 밝게 바꾸어주었다.

키우는 고양이에 대한 이야기를 하던 그녀가 조금 신기한 이야기를 꺼내기 시작했다.

"그런데요, 우리 애는 조금 특이해요……. 아, 이름은 히메(姬)*인데요. 보통 고양이랑은 조금 달라서 사람보다 사람 마음속을 더 잘 알아차려요."

"사람보다 사람 마음속을 더 잘……?"

나와 유미코 아줌마는 서로 같은 쪽으로 고개를 갸웃거리며 레미 씨의 이야기를 들었다.

"예를 들면 일찍 나가야 하는 날 아침에는 꼭 그 시간에 깨워주고요. 몸 상태가 안 좋아서 좀 누워 있으면 저한테 다가와서 몸을 따뜻하게 덥혀줘요. 그래서 히메가 있으면 쓸쓸한 기분 같은 건 전혀 들지 않아요. 그래서 여태껏 싱글인지도 모르겠네요……. 정확하게 말하자면 '돌싱'이지만."

작은 몸에 날씬한 레미는 결코 인기가 없을 타입이 아니었다. 청초한 원피스에 하얀 숄더백을 멘 그녀의 모습은 충분히 미인이라고 할 법했다.

혹시라도 여기에 히로무가 있었다면 이런 미인이 싱글이라니, 이런 아까운 일이 있나, 하고 뻔한 코멘트를 날렸겠지.

어찌 되었든 신비로운 이야기를 한 레미는 가볍게 인사하고는 고양이들과 즐거운 시간을 보내러 갔다.

나와 유미코 아줌마는 의례적인 인사를 주고받은 뒤 사

* 귀족의 딸, 공주 등을 뜻한다.

토 씨와 다시 만날 약속을 하고 고양이 카페에서 나왔다.

*

"다녀왔어. 여보, 집에 있어?"

남편과 둘이서 경영하는 작은 철물점 입구에서부터 안쪽 거실까지 가는 동안 남편을 부르는 건 집에 돌아왔을 때의 나의 습관이다. 철물점을 하고 있다고는 해도 그 수입으로는 빠듯해서 남편은 일주일에 몇 번씩 조간과 석간 신문을 배달하고 있는데 보통은 나보다 먼저 돌아왔다.

부엌에서 저녁에 한잔할 안주를 만들고 있는 남편 등에 대고 나는 오늘 있었던 일을 죽 늘어놓았다. 맨날 가는 파친코 가게로 옆 마을 고양이 카페가 문의해온 일, 고로랑 같이 카페에 간 일, 거기서 다섯 마리나 데려가주겠다고 한 일……. 남편은 "오, 그래? 그랬군?"을 반복하는 게 고작이지만 그래도 나는 그 "오, 그래? 그랬군?"을 들어야 하루가 제대로 끝나는 기분이 든다.

"당신도 가끔은 파친코 좀 해. 숨 좀 돌리고 살아야지."

"아냐, 난 됐어. 당신처럼 운이 좋은 편도 아니고……. 자, 다 됐어. 저녁 먹자고."

방금 간 생강을 얹은 냉두부에 해동시킨 삶은 풋콩을 상

위에 올려놓은 남편은 냉장고에서 남은 고기 감자 조림과 맥주를 꺼냈다.

"그러고 보니, 아오바(青葉)…… 고양이한테 밥 제대로 줬나?"

딸 아오바는 올해로 스무 살이 되었지만 아직도 어린애 같아서 만화를 보기 시작하면 세상모르고 빠져든다. 몇 시간이고 만화만 볼 때도 있다.

"괜찮아. 밥 잘 챙겨줬어."

"그럼 됐고. 아무리 몸이 안 좋다고 해도 너무 어린애처럼 키우다가 시집도 못 보내면 어쩌나."

"뭐, 그건 그때 가서 생각하자고. 어쨌든 아오바는 밥 다 먹었으니까 우리끼리 먹고 치우자."

유복하다고는 절대 말 못 할 이런 집에서 남편이랑 반주를 즐기면서 하루 동안 있었던 일을 이야기하는 이 시간이 나에게 있어서는 지복의 순간이라고 할 수 있다. 동물 보호에 대해서도 일을 도와주지는 않지만 깊은 이해를 보여주는 남편에게 마음속 깊이 감사하게 생각하고 있다.

나는 남편이 준비한 냉두부를 한 입 먹고 오늘 하루 있었던 일을 계속 이야기했다.

"그래서 사토 씨가 하는 활동이 정말 대단하더라고. 카페에는 혈통서 붙은 고양이만 있는 게 아니라 키우다 버려진 고양이도 있는데, 입양 부모를 찾을 수 있도록 장소를 제공하는 역할도 하고 있더라고. 맞다, 거기서 아오바가 일하면 좋을 텐데."

"무리야. 일하다가 몸 상태가 안 좋아지면 어떡해."

"응…… 맞는 말이네. 참, 다른 이야기인데, 레미 씨라고 젊은 손님을 만났거든? 그 집에서 키우는 고양이가 사람 기분을 잘 아는 고양이라고 하더라고."

"사람 기분을 알아차리는 고양이……?"

"응. 아침에 깨워주거나, 몸이 아프면 다가오거나, 휴대폰을 머리맡에 가져다두거나. 대단하지 않아?"

"뭐랄까, 텔레비전에 나오는 이야기 같네."

"텔레비전에 나오는 이야기?"

"응, 희한한 재주를 부리는 동물 같은 거 방송에서 소개되고 그러잖아."

"아, 그거야! 당신 지금 한 건 했어! 레미 씨의 고양이를 방송에 내보내는 거야! 그러면서 사토 씨의 고양이 카페를 소개하면 고양이들 입양 부모 찾는 일에 도움이 될 거라고!"

"유미코…… 말은 쉽지만 텔레비전에 어떻게 내보낼 건데?"

"전에 들었는데 히로무가 일하는 심부름센터 사장이 방송국에 아는 사람이 있다고 했거든. 밥 다 먹으면 전화해서 물어봐야겠다."

"예나 지금이나 당신 행동력 하나는 알아줘야 해."

"어머? 내가 그랬나? 어쨌든 기분이 왠지 모르게 두근두근하네. 자! 얼른 다 먹어버리자!"

게 눈 감추듯 식사를 끝낸 나는 히로무의 휴대폰으로 전화를 걸었다. 그러자 히로무는 마치 자기가 텔레비전에 출연하게 되기라도 한 양 신이 나서는 사장님을 졸라보겠다고 약속했다.

그리고 며칠이 지난 어느 날, 방송국으로부터 답을 받았다. 작은 지역 방송이기는 하지만 그래도 영향력은 기대할 만했다. 레미 씨의 고양이를 소개하는 동시에 사토 씨의 고양이 카페를 소개하는 방향으로 검토해주겠다고 했다. 혹시라도 성사된다면 분명 사토 씨도 카페 운영에 도움이 된다고 좋아할 것이다.

레미 씨의 고양이 이야기는 방송 관계자가 들어도 신선했던 모양인지 이야기를 자세히 들어보고 싶다고 했다.

이 사실을 빨리 알리고 싶어 레미 씨와 연락을 취하기 위해 고양이 카페에 전화를 걸자 마침 레미 씨가 그곳에 와 있었다.

"레미 씨를 좀 바꿔주세요!"

나는 흥분한 상태였다. 히메가 텔레비전에 소개될 수 있을 것 같다고 직접 전할 생각이었다.

그런데 레미 씨의 입에서는 내 기대와는 정반대의 대답이 흘러나왔다.

"그건 좀 곤란한데요……."

"네?"

"히메를 구경거리로 만드는 일은 하고 싶지 않아요."

"아니, 구경거리라니……. 히메 짝을 찾는 데 도움이 될지도 모르고, 사토 씨의 고양이 카페 활동도 확장될지도 모르고, 나쁜 소식은 아니라고 생각하는데…… 정말 안 되나요?"

"이런 말씀드리기 죄송합니다만…… 안 될 것 같네요."

레미는 그렇게 말하고는 전화를 끊어버렸다.

나는 괜한 일을 한 것 같아 마음이 아팠다.

레미 씨를 위해, 사토 씨를 위해 하는 일이라고 생각했는데 사실은 나 자신을 위해 레미 씨의 고양이를 이용하려고 했던 건 아닐까. 텔레비전을 통해 지금 보호 중인 동물들을 편하게 분양할 수 있을 거라고 생각했던 건 아닐까. 자문자답을 반복하던 나는 결국 레미 씨에게 직접 사과하러 가야겠다고 결심했다.

다음 날 다시 한번 고양이 카페에 전화를 걸어 사토 씨에게 사정을 설명한 뒤 레미 씨의 주소를 물어보았다. 혼자서 가면 또 괜한 말을 해버릴 것 같아 고로에게 같이 가달라고 부탁하기 위해 파친코 가게로 향했다.

*

그날은 "고로!" 하는 목소리가 밖에서 들리는 일도 없이 조용한 오후를 보내고 있다, 고 생각하자마자 사무실 문에 노크하는 소리가 들리더니, 평소랑은 다르게 기운이 없어 보이는 유미코 아줌마가 안으로 들어왔다.

"무슨 일 있어요, 아줌마?"

"저기…… 사실은 부탁이 있어서 그런데, 나랑 같이 레미 씨 집에 안 갈래?"

평소랑 다른 모습인 유미코 아줌마에게 사정을 들어보니 오지랖을 부리다가 실수를 한 모양이었다. 축 처진 어깨만 봐도 꽤나 반성하고 있는 것 같아 도와줘야겠다고 생각한 나는 레미 씨 집에 같이 찾아가기로 했다.

레미 씨 집까지 가는 길을 조사하려고 사무소 컴퓨터로 주소를 입력해보니 지도에 표시된 곳은 주택지랑은 멀리 떨어진 공터였다.

"이, 이건 도대체…… 뭐가 어떻게 된 거지?"

"내가 묻고 싶은 말이야."

결국 별별 정보를 다 수집하고 다니는 히로무의 힘을 빌리기로 했다. 우리 세 명은 사무실 테이블에 둘러앉았다.

건방진 태도로 소파에 앉아 있던 히로무는 레미 씨에 대한 정보를 유미코 아줌마에게 자세히 묻기 시작했다.

“그 여자 직업은 뭐예요?”

“듣기로는 디자인 쪽 일을 하고 있다고 했는데…….”

“디자인 쪽이면, 구체적으로 어떤?”

“뭐였더라……. 사토 씨한테 얼핏 들었는데 외국어라서 잘 모르겠더라고. 프리랜서라고 했는데, 문의가 들어오면 출장을 가서 일하는 경우가 많다고 했던 것도 같고…….”

“문의가 들어오면요?”

히로무가 파고들었다.

“그렇다면…….”

히로무는 컴퓨터 앞에 앉아 ‘디자인 후지이 레미 프리랜서’라고 검색어를 입력했다. 화면을 구석구석 찾아보고 몇 번이고 검색어를 바꾸어가면서 수색을 계속하던 차에 가능성이 높아 보이는 홈페이지 제목이 화면에 떴다.

“아! 이거 아니야?”

히로무가 가리키는 손가락 쪽을 보니 ‘메모리얼 디자이너 후지이 레미의 홈페이지’라고 적힌 홈페이지가 있었다. 제목을 클릭해보니 상냥해 보이는 미소를 짓고 있는 레미 씨의 프로필 사진이 떠올랐다.

"틀림없어. 고양이 카페에서 만났던 그 레미 씨야."

히로무는 작게 골 세리머니 포즈를 취하며 "빙고!" 하고 외쳤다.

레미 씨의 직업은 사진을 토대로 해서 소중한 반려동물을 진짜와 똑같이 봉제 인형으로 만들어주는 조형 디자이너인 것 같았다. 주로 죽은 반려동물의 모습을 복원하는 일이 많은 모양인지 게시판에는 "○○가 살아 돌아온 것만 같아요!" "매일 힐링받고 있어요." "기다린 보람이 있네요!" 같은 감사를 담은 뜨거운 마음이 상당히 많이 적혀 있었다. 이전 작품들을 보니 완성도가 상상을 뛰어넘는 수준이었다. 레미 씨가 제작한 봉제 인형은 털의 색, 모양, 그리고 섬세한 표정까지 훌륭히 재현되어 있어서, 마치 생명을 다시 불어넣기라도 한 것처럼 생동감이 느껴졌다.

"이 사람 짱이네……."

레미 씨의 재능에 놀란 듯한 히로무는 홈페이지 소개 부분에 작게 나와 있는 주소를 옮겨 적었다.

"자, 가자고!"

"미리 연락도 안 하고?"

내가 반문을 하자 유미코 아줌마가 히로무에게 찬동하며 말했다.

"그래, 가자. 전화해도 안 만나줄 거 같아……. 직접 찾아 가보자고."

레미 씨가 자택 겸 아틀리에로 사용하고 있는 곳은 고양이 카페가 있는 사이타마 현을 넘어 이바라키 현 경계선 바로 근처에 있었다. 주변에 신호등이고 뭐고 아무것도 없는 시골길이어서 차로 가면 3, 40분이면 도착할 만한 거리였다.

곧바로 점장님 차를 빌려 근처까지 가보았는데 가로등 하나 서 있지 않았다. 굳이 말하자면 조금 기분 나쁜 분위기를 풍겼다. 이미 날이 저물기 시작해서 금방 앞이 안 보일 것 같았다. 얼른 찾아야 했다.

"정말 이런 데에 사람이 살 수 있는 거야?"

히로무의 말은 우리 세 사람의 기분을 대변해주었다.

한참을 가니 홈페이지에 적힌 주소가 나왔다. 작은 민가였는데 명패에 '후지이'라고 적혀 있었다.

"레미 씨 이십대랬지? 그렇게 젊고 예쁜 사람이 정말 이런 데에서 혼자 산단 말이야?"

히로무의 의견은 백 번 옳다. 전등 하나 없는 이런 어두컴컴한 데서 혼자 살 때엔 도대체 어떤 결심이 필요한 걸까. 방범 시스템이 없는 평범한 가정집이라면 언제 도둑이 들지 몰라 불안해서 살 수 없을 텐데.

일단 레미 씨 집 옆에 차를 세우고 열쇠를 뽑아 현관으로 향하려는 바로 그 순간, 집의 옆쪽 창문에서 집 안의 모습이 보였다.

머리를 뒤로 넘겨 묶은 레미 씨가 작업대처럼 보이는 책상 앞에서 인형을 만들고 있었다.

"레미 씨다……."

역시 여기는 그녀의 집이 틀림없었다. 다른 사람은 보이지 않는 것으로 보아 정말로 여기서 혼자 사는 모양이었다.

"이러면 훔쳐보는 것 같으니까 당당하게 현관으로 가자."

히로무가 '후지이'라고 적힌 현관 앞에 섰다. 작은 세발자전거가 눈에 들어왔다. 새로 산 것이나 다름없어 보이는 핑크색 세발자전거였다.

여러 가지 억측이 뇌를 스치고 지나가는 사이 유미코 아줌마가 슥 손을 내밀더니 초인종을 눌렀다.

"네, 누구세요?"

목소리와 함께 현관 등이 켜졌고 미닫이문이 열렸다.

"유미코 씨? 고로 씨? 그리고 이분은……?"

"안녕하십니까! 심부름센터 히로무입니다!"

히로무가 부자연스러울 정도로 밝게 인사했다.

갑작스러운 방문에 놀랐을 텐데도 레미 씨는 불편한 안색 하나 없이 우리를 집 안으로 안내했다.

유미코 아줌마가 현관 안으로 한 걸음 들어서자마자 깊이 고개를 숙이고 말했다.

"어제는 제멋대로 일을 진행하고 그런 말을 해서 정말 죄송했어요."

"아유, 별말씀을."

레미 씨가 미소 지으며 말했다.

"신경 안 쓰셔도 돼요. 저야말로 기껏 제안해주신 일을 헛수고로 만들어버린 거 같아서 죄송했어요. 그런데 여기는 용케도 찾으셨네요. 너무 시골이라 부끄러워서, 고양이 카페 사토 씨한테는 동네 맨션에서 산다고 했거든요. 어쨌든 여기까지 오셨는데 차라도 한잔하고 가셔야죠. 자, 어서 들어오세요."

유미코 아줌마가 걱정한 만큼 레미 씨의 마음이 상한 것은 아닌 듯했다. 그래서 유미코 아줌마의 처졌던 기분이 되살아나겠거니, 하고 생각하며 집 안으로 들어갔다.

정리가 잘된 레미 씨의 집은 최소한의 공간만으로도 마음이 편안해지는 곳이었다. 두 평 반 정도 되는 부엌에는 1인용 식사 테이블이 놓여 있었고, 작업실 겸 침실에는 만들고 있는 봉제 인형이 몇 개 늘어서 있었다.

"짱이다……."

히로무가 작업대 앞에 멈춰 서서 당장에라도 살아 움직

일 것처럼 보이는 봉제 인형을 바라보며 중얼거렸다. 분명 사진으로 보는 것보다 실물이 훨씬 더 진짜 같았다. 히로무가 솔직한 감상을 레미 씨에게 전했다.

"이거, 정말 짱인데요? 하나 만드는 데 시간이 얼마나 걸립니까?"

레미 씨는 히로무의 유치한 질문을 꼭 안아주기라도 할 것처럼 상냥한 미소를 지으며 대답했다.

"고마워요. 그렇게 말씀해주시니 기분이 좋네요. 완성까지는 한 일주일 정도 걸리는 거 같아요. 복잡한 디자인이라면 2주가 넘어가는 경우도 있지만, 손님이 보시고 즐거워하며 짓는 미소를 보는 게 좋아서 시간 가는 줄 모르고 만들어요. 게다가……."

"게다가?"

"저한테 의뢰하시는 손님들 중에는 소중한 반려동물을 잃고 마음이 아프신 분들이 많아요. 그분들이 조금이라도 기운을 차리시도록 돕기 위해서는 절대 대충해서는 안 돼요. 살아 있을 때의 울음소리나 주인과 놀았던 때의 모습을 상상하면서 가능한 한 온전하게 복원하려고 노력하고 있어요. 천이나 털실의 사용법 같은 걸 연구하고 있지요."

레미 씨의 순수한 신념을 들으며 나는 마음이 씻겨나가는 기분이 들었다. 돈이나 명예 같은 것 때문이 아니라 사람의 마음을 치유하기 위해 자기 기술을 최대한 발휘하는 그녀는 분명 마음이 깨끗한 사람이겠지.

우리는 새하얀 융단이 깔려 있는 세 평 정도 되는 거실로 이동했다. 집에 들어올 때 받은 인상대로 비좁은 투룸이지만 사용하기 편하게끔 구획이 잘 나뉘어 있었다. 무릎 정도 높이인 테이블 아래에는 고양이 히메가 미동도 없이 몸을 둥글게 말고 자고 있었다.

"여기까지 오셨는데 죄송해요. 오늘은 히메가 몸이 안 좋아서……. 평소에는 지금보다 더 활기찬데."

화사한 레미 씨의 미소와는 정반대인 슬프디슬픈 현실을 우리는 목격하고 말았다.

테이블 아래에서 몸을 말고 자고 있는 삼색 털 고양이 히메는…… 진짜와 완전히 똑같이 만든 봉제 인형 고양이였다. 레미 씨는 봉제 인형 히메를 우리에게 소개해주었다. 우리는 아무 말 없이 바라보고 있을 수밖에 없었다. 봉제 인형 히메에게 말을 거는 레미 씨의 표정은 적어도 우리를 속이고 있는 것처럼은 보이지 않았다. 오히려 행복으로 가득한 모습이었다.

그 모습을 보다 못한 히로무가 심호흡을 하더니 레미 씨에게 말했다.

"저기…… 그거 인형 아닌가요?"

나는 유미코 아줌마와 얼굴을 마주 보았다. 건드려서는 안 되는 영역에 발을 불쑥 집어넣은 히로무의 언행에 소름이 돋았다.

"지금 바로 차를 내올게요."

하지만 레미 씨는 히로무의 말에 동요하지 않고 부엌으로 향했다.

우리는 그사이 얼굴을 마주 보고 이 상황을 어떻게 헤쳐 나갈 것인가를 이야기했다.

"일단 돌아가자."

히로무가 말했다.

"거짓말로라도 맞장구쳐주자."

유미코 아줌마가 말했다.

나는 결국 어떻게 해야 할지 몰라 입을 다물고 있었다.

그사이 차를 가지고 레미 씨가 돌아왔고, 유미코 아줌마가 이런 제안을 했다.

"참, 그러고 보니 레미 씨, 히메 소개팅 상대를 찾고 있었죠?"

"네, 하지만 히메가 겁이 많아서요. 다른 고양이랑 같이 살 수 있을지 어떨지……."

"내가 아는 사람 중에 조금 있으면 해외로 나가는 사람이 있거든요. 그분이 키우던 고양이가 참 얌전하고 좋은 아이인데, 같이 데려가기는 어려운 모양이어서⋯⋯ 소중하게 잘 자란 참한 고양이인데 히메랑 만나게 하는 건 어때요?"

"또 오지랖이 시작됐네."

히로무는 중얼거리며 레미 씨가 내온 차를 한 입 마셨다. 하지만 나는 유미코 아줌마의 제안이 단순한 오지랖으로 보이지 않았다. 실제로 고양이를 키우면 레미 씨가 품고 있는 거짓말이 '진실'로 바뀔 수 있는 걸까.

그러자 미소를 지으며 말을 듣고 있던 레미 씨의 표정이 점점 굳어졌고 떨리는 목소리로 무언가를 중얼거렸다. 잘 들리지 않았던 우리는 "네?" 하고 반문했다.

"이제 그만 돌아가주세요⋯⋯."

고개 숙인 레미 씨가 얼굴을 들어 올리자, 눈에서 커다란 눈물이 뚝뚝 떨어지며 넘쳐흘렀다. 나는 그렇게 슬픈 눈물을 흘리는 사람을 지금까지 본 적이 없었다.

"실례했습니다."

우리는 그 자리에서 살짝 일어나 각자 작은 목소리로 말하고 레미 씨의 집을 뒤로했다. 돌아오는 길은 깜깜하게 변해 있었고 차 안에서 입을 여는 사람은 아무도 없었다.

레미 씨가 소중히 여기는 히메는 애초부터 존재하지 않았던 것인가, 아니면 과거에는 존재했던 것인가. 우리 중 이를 아는 사람은 아무도 없었다. 그러나 그런 암흑 속에 홀로 살고 있는 것으로 보아 깊은 슬픔에 잠기게끔 한 과거가 있었다고밖에 달리 생각할 여지가 없었다. 도대체 그녀는 과거에 무슨 일을 겪었단 말인가. 아니, 슬픔의 밑바닥에 잠긴 레미 씨이기에 메모리얼 디자이너로서 마음을 다친 사람들에게 치유를 안겨줄 수 있는지도 모른다.

그건 그렇다 하더라도, 도대체 현관 앞에 있던 세발자전거는 누구의 것이었을까. 집 안에 어린아이가 사는 기색은 보이지 않았는데…….

뒷맛이 씁쓸한 그날의 방문 이후 며칠이 지난 어느 날이었다. 고양이 카페 주인인 사토 씨로부터 유미코 아줌마에게 전화가 걸려왔다. 레미 씨가 우리에게 하고 싶은 말이 있다고 한 모양이었다. 다음 주 토요일에 우리는 레미 씨와 고양이 카페에서 다시 만나게 되었다.

*

토요일

그날 고양이 카페 입구에는 '대관'이라는 안내 메시지가 내걸렸다.

불투명유리 현관문을 열자 넓은 거실 한가운데에 레미

씨가 혼자 앉아 있었다. 둥근 앤티크 테이블 위에는 봉제 인형 히메가 놓여 있었다. 우리 모습을 본 레미 씨는 자리에서 일어나 고개를 깊이 숙이며 말했다.

"쉬시는 날에 굳이 불러내서 정말 죄송합니다."

일전에 방문했을 때와는 완전히 다른, 어딘지 모르게 개운해 보이는 표정이었다.

"저희야말로 갑자기 찾아가 실례했습니다."

유미코 아줌마가 대표로 사과하고 난 뒤 히로무와 나도 레미 씨에게 사죄 인사를 했다.

모두가 모이자 거실 안쪽에서 점장 사토 씨가 홍차를 내왔다.

"자, 여러분, 그렇게 딱딱하고 긴장된 얼굴 하지 마시고 일단 앉으세요."

레미 씨는 사토 씨가 내온 블루베리 티를 한 모금 마신 뒤 작게 심호흡하고 이야기를 시작했다.

"제게는 딸이 있었어요. 이 세상에 잠깐 왔다가 이미 천국으로 향해버렸지만요……."

"잠깐 왔다가 갔다고요……?"

조심스러운 목소리로 질문한 유미코 아줌마에게 레미 씨는 따뜻한 표정으로 대답했다.

"네. 제 남편은 열세 살 연상이었어요. 그래서 남편도 시부모님도 아이를 너무나도 갖고 싶어 했지요. 그래서 스무 살에 혼인 신고를 했어요. 하지만 노력해도 아기가 잘 생기지 않더군요……. 3년 전 스물다섯이 된 저는 겨우 임신하게 되었어요. 남편도 시부모님도 매우 기뻐했지요. 하지만 임신 7개월이 되었을 때 일이었어요. 안정기라고 안심하고 있던 남편은 해외 출장에 저를 데리고 갔어요. 출장이라고는 해도 오랜만에 여행 기분을 맛보며 즐거워하던 저는 남편이 일하러 간 사이에 혼자서 장을 보러 나갔어요. 자기가 돌아올 때까지 호텔에서 나가지 말라고 남편이 말했었고, 끝까지 참지 못한 제가 잘못한 일이기는 하지만…… 장을 보러 가다가 소매치기를 당했고 그때 부딪힌 충격으로 아이가……."

이때까지 단숨에 이야기하던 레미 씨는 말문이 막히고 말았다. 유미코 아줌마는 자리에서 일어나 레미 씨의 등을 천천히 쓰다듬어주었다. 레미 씨는 이야기를 계속했다.

"바라고 바라던 딸이었어요. 남편은 제가 잘못한 일을 용서하지 못하고 이혼을 요구했어요. 사실 의사가 말하기를, 제가 그때의 유산이 원인이 되어 더 이상은 임신하기 어려운 몸이 되었다고 하더군요. 그게 이혼하게 된 가장 큰 이유였어요. 시부모님은 기껏 젊은 며느리를 얻었더니 아이도 낳지 못하면 뭔 쓸모가 있냐며…… 그렇게 확실히 못을 박

으셨지요."

진지한 얼굴로 레미 씨의 이야기를 듣고 있던 히로무는 분노를 참지 못하고 말했다.

"와, 진짜 쓰레기 새끼들이네요. 그 인간들."

난폭한 말이지만 히로무의 착한 마음을 느낀 레미 씨는 쓴웃음을 지으며 이야기를 계속했다.

"현실과 마주하지 않으면 안 된다고 생각해서 저는 일을 시작했어요. 상업고등학교를 졸업하고 결혼하기 전까지 2년 동안 캐릭터 샘플을 만드는 일을 했었기에 그때 기술을 살리면 되지 않을까, 하고 생각해서 인형 만들기를 시작했어요. 처음에는 주변 사람들의 반려동물을 흉내 내서 만들어본 거였는데, 공원에서 만난 개를 만들거나 하는 사이에 점점 주문이 늘기 시작해서 자연스럽게 먹고살 수 있을 만큼 벌게 되었지요. 그런데……."

"그런데?"

레미 씨 등을 쓰다듬어주던 유미코 씨는 손을 멈추고 원래 자리로 돌아가 이야기를 채근했다.

"배속의 아기를 잃은 슬픔은 전혀 사라지지 않았어요. 부모님은 돌아온 저를 따뜻하게 받아주셨지만 따뜻하게 받아주시면 받아주시는 만큼 괴로움은 커져만 갔고…… 저는 딸을 위해 사두었던 세발자전거를 가지고 지금 사는 곳으로 이사했어요. 하지만 제가 만든 인형을 손에 쥔 손님의 웃는 얼굴을 보는 것은 좋았고 그 순간만큼은 구원받는 기분이 들었어요. 그러다 혹시 나 자신을 위해 인형을 만들면 내 안에 있는 슬픔도 사라지지 않을까, 하고 생각해서 저는 천국의 아기를 다시 만들어보려고 했어요. 하지만…… 만들 수 없었어요. 얼굴이 떠오르지 않았고, 떠오르려고 하면 눈물이 나버려서, 일이 진행이 되지 않았어요……. 그래서 예전에 키웠던 삼색 고양이 히메를 시험 삼아 만들어보았는데 실제 모습과 가까워지면 가까워질수록 마음이 편안해졌어요."

"여기 있는 이 히메 말이지요."

유미코 아줌마는 책상 위에 놓인 고양이 인형을 살짝 쓰다듬으며 말했다.

"네. 히메는 제 슬픔을 확실히 작게 만들어주었어요. 하지만 히메의 존재로 제 마음속 상처가 치유된 것이 혹시 죄를 짓는 일은 아닐까, 하고 점점 스스로를 몰아붙이게 되었어요."

"그게 무슨 말이에요?"

"천국의 딸 말고 다른 존재에게 애정을 쏟는 일이 딸의 존재 자체를 지우고 있다는 증거가 아닐까, 하는…… 그게 죄가 되는 건 아닐까, 하는……."

그 말을 듣자, 가만히 입을 다물고 있던 히로무가 천천히 입을 열었다.

"레미 씨, 그건 죄가 아니에요."

"네……?"

"왜냐하면 여기 있는 히메는 따님 그 자체잖아요. 모습은 고양이 인형이지만 인형이든 아니든 상관없다고 생각해요. 레미 씨가 그만큼 애정을 쏟을 수 있다는 건 히메 안에 따님이 깃들어 있다는 증거가 아닐까……. 뭐라고 말해야 좋을지는 모르겠지만 애정을 쏟는 게 죄가 되는 일은 절대 없다고 생각해요, 저는."

히로무의 말에서 이상한 설득력이 느껴졌다. 아래를 보고 있던 레미 씨의 눈에서도 커다란 눈물이 쏟아졌다. 그리고 히로무에게 솔직한 본심을 털어놓았다.

"고마워요……. 히로무 씨, 고마워요. 이것만큼은 믿어주세요. 제가 고열에 시달리고 있을 때, 어디선가 히메 목소리가 들려와 저에게 다가온 것 같은 기분이 들었던 것만큼은 사실이에요. 내 옆에 다가와 따뜻한 체온을 전해주었고, 그 온기 덕분에 저는 회복할 수 있었어요."

유미코 아줌마는 그 말을 듣더니 깊이 고개를 끄덕였다. 그리고 이렇게 덧붙였다.

"사실은…… 나도 들은 적이 있어요. 이 세상에 있을 수 없는 목소리를……."

우리는 일제히 유미코 아줌마를 바라보았다. 아줌마의 표정은 진지했고 레미 씨를 동정해서 거짓말을 하는 것처럼은 보이지 않았지만, 그 이상 이야기를 계속하려는 기색도 보이지 않았다.

사토 씨가 유미코 아줌마에게 말했다.

"그 목소리…… 아오바 양의 목소리지요?"

"그걸 어떻게……?"

유미코 아줌마의 눈이 커졌다.

"아오바라면 몸이 약하다는 아줌마 딸…… 맞죠?"

히로무가 물었지만 유미코 아줌마는 고개를 숙인 채 아무 말이 없었다.

"사실은 오늘 손님을 또 한 분 초대하고 싶었어요."

사토 씨는 자리에서 일어나더니 안쪽 방에서 사람을 불렀다. 우리 앞에 선 그 사람을 보고 유미코 아줌마는 또 한 번 눈을 크게 뜨고 중얼거렸다.

"여보…… 당신이 여길 어떻게?"

또 한 분의 손님이란 유미코 아줌마의 남편이었다. 아저씨는 유미코 아줌마의 반대쪽 자리에 앉더니 아줌마에게 따뜻하게 말했다.

"유미코, 너도 레미 씨처럼 현실과 마주할 때가 왔다고 생각하지 않아?"

아저씨는 여기에 온 이유를 이야기하기 시작했다.

"사토 씨는 오늘 자칫 당신이 힘든 일을 겪을지도 모른다고 생각했고…… 내게 여기로 미리 와달라고 부탁했어. 당신과 같은 처지인 레미 씨가 현실을 받아들이는 순간, 당신도 아오바에게 무슨 일이 있었는지 기억해낼지도 모른다는 생각에……."

유미코 아줌마와 레미 씨의 처지가 닮아 있다니, 이게 도대체 무슨 말이지. 머릿속이 뒤죽박죽이 되려는 바로 그때, 히로무가 확신에 찬 얼굴로 유미코 아줌마의 남편에게 물었다.

"혹시 항상 집 안에 있다고 한 몸이 약한 따님이란 게……."

아저씨는 천천히 고개를 끄덕이며 히로무의 질문에 대답했다.

"우리 딸 아오바는…… 이미 세상을 떠났어. 8년 전 사고를 당해 크게 다치고 합병증으로 폐렴에 걸려서……. 사토 씨는 이 고양이 카페를 운영하기 전에 아오바가 입원하고 있던 종합병원에서 상담사 일을 하셨었지. 아오바의 마음을 돌보기 위해 의사가 소개해주었던 상담사 분이 바로 사토 씨였어. 그렇지만 아오바가 상담을 받고 있던 건 유미코에게는 비밀이었어. 유미코가 알면 분명 자기 탓으로 돌리고 스스로를 괴롭힐 게 뻔하다 생각해서……."

"왜 그렇게 생각하셨는데요?"

히로무는 솔직하게 물었다.

받아들이기 싫은 현실에 눈을 감으면서도 유미코 아줌마는 천천히 입을 열었다.

"아오바는 내가 죽인 거나 다름없어……. 그때 내가 만나기로 한 장소에 늦지만 않았어도 그런 사고에 휘말리는 일은 없었을 텐데……."

"그런 사고라니……?"

히로무는 눈치를 살피는 목소리로 유미코 아줌마에게 물었다. 아줌마는 감았던 눈을 살짝 뜨고는 봉인했던 과거를 이야기하기 시작했다.

"그날, 아오바와 함께 신사에 부적을 사러 가기로 했었어. 순백색 세일러복을 입는 게 꿈이었던 아오바는 사립 중학교로 진학하기 위한 시험을 앞두고 있었거든. 쉬는 날도 학원에 다니던 그 애는 학원에서 돌아오는 길에 평소대로 시간을 맞춰서 역에서 나를 기다리고 있었어. 그런데 내가 역 가는 길에 세탁소에서 쓸데없이 수다를 떠는 바람에, 제때 가지 못했어……. 역에 도착해보니…… 출구 앞 도로에 아오바가 쓰러져 있었어……."

목이 메고 만 유미코 아줌마를 대신해, 아저씨가 대신 이야기해주었다.

"음주 운전 차량이 아오바를 치고 말았어. 다행히 목숨은 건졌지만 얼굴에 큰 상처를 입었지……. 그 후 밝았던 아오바의 마음은 닫히고 말았어."

아저씨의 이야기에 따르면 얼굴에 상처를 입은 아오바는 그 후로 누구와도 이야기를 나누지 않게 되었다고 했다. 성적도 우수하고 노래나 운동도 잘하던 딸의 미래를 빼앗아 버렸다고, 유미코 아줌마는 자기 자신을 책망했다……. 그 후 아오바는 입원해 있던 중 병원 안 정원에서 비를 맞아 폐렴에 걸려 세상을 떠나고 말았다. 아오바가 세상을 떠나게 된 그때, 유미코 아줌마는 딸이 자기 자신을 증오한 채 천국으로 떠나버렸다고 생각을 거듭한 나머지, 아오바의 죽음을 받아들이지 못하고 '죽음' 그 자체를 부정한 삶을 선택해버리고 만 것이다.

아저씨는 이야기를 계속했다.

"사토 씨는 아오바가 죽고 난 뒤 상담사 일을 그만두신 모양이지만, 그 뒤로도 몇 번이고 편지를 보내주셨어. 하지만 유미코 안에 아오바가 아직도 살아 있는 것 때문에 나는 사토 씨에게 온 편지를 유미코에게 보여준 적이 없었어. 그래서 편지는 더 이상 보내주지 않으셔도 괜찮다고 전했지. 그리고 유미코가 현실을 받아들이는 날이 올 때까지 나는 우리 셋이 살고 있다는 가정을 계속하기로 결심했어."

"남편 분께서 말씀하신 그대로예요. 저는 아오바 양이 세상을 떠난 뒤로 사람을 구하는 일에 자신감을 잃고 말았고, 상담사 일을 그만두었습니다. 편지를 쓰는 일도 그만두고 한동안 아무 일도 하지 않고 저금을 까먹으며 살고 있었는데, 어느 날 쏟아지는 폭우를 맞고 있는 새끼 고양이를 만나게 되었어요. 저는 저도 모르게 아오바 양의 모습과 새끼 고양이의 모습을 겹쳐서 보고 말았어요. 병원 안 정원에서 비를 맞아 폐렴에 걸린 아오바 양의 모습과……. 그래서 저는 본능적으로 새끼 고양이를 구해야 한다고 생각했습니다……. 그래서 입고 있던 카디건으로 흠뻑 젖은 새끼 고양이를 감싸고 집으로 데리고 왔지요. 그 뒤로 새끼 고양이를 키우기 시작했고 집 근처 이웃 분들에게 먹이를 기증받기 시작했어요. 자연스럽게 집에 사람들이 모이기 시작했고, 이렇게 차 마시는 일이 습관이 되었지요……."

"그 일이 계기가 되어서 고양이 카페를? 그럼 그때 그 고양이도 여기에?"

나는 카페 거실을 살펴보며 사토 씨에게 물었다.

"네, 하지만 그때 그 새끼 고양이는 여기에 없어요. 마음씨 좋은 부부의 가족이 되었습니다. 그 고양이가 입양을 가게 된 일을 시작으로 보호 활동도 겸하여 카페를 하겠다고 마음먹었고 버림받은 고양이와 입양 부모를 연결해주는 활동을 시작했어요. 그리고 옆 마을 파친코 가게에도 입양 부모 찾는 노트가 있다는 소식을 듣고 꼭 보러 가고 싶다고 생각했습니다. 더 많은 목숨을 구할 수 있을 거라고 기대하면서."

유미코 아줌마의 작은 어깨를 쓰다듬어주던 아저씨는 그 다음 이야기를 계속해서 들려주었다.

"사토 씨는 그 노트를 보고 유미코가 똑같은 활동을 하고 있다는 사실을 알게 되셨지. 그래서 8년 만에 편지를 보내주셨고, 유미코의 활동을 돕고 싶다는 내용이 적혀 있었어. 물론 당시의 상담사라는 사실은 말하지 않고, 어디까지나 고양이 카페 주인으로서."

그때까지 침묵을 지키고 있던 유미코 아줌마가 남편의 말을 자르고 말했다.

"그렇다면 여기에 처음 왔을 때 내가 아오바의 엄마라는 사실을 알고 있었다는 말인가요? 남편과 딸 이렇게 셋이 살고 있다는 게 거짓말이라는 사실을 알고 있었다는 말인가요?"

"그건 마을 분들 모두가 마찬가지잖아."

아저씨가 흥분한 유미코 아줌마를 진정시키며 말했다.

나는 순간 레미 씨 집에 갔을 때를 떠올렸다. 유미코 아줌마가 "거짓말로라도 맞장구쳐주자"라고 했던 것은 자기 자신의 경우와 겹쳐서 보았기 때문은 아닐까. 마을 사람들이 유미코 아줌마의 거짓말을 있는 그대로 받아들이고 아오바의 존재를 인정해주었던 것이 유미코 아줌마의 마음을 지지해주고 있었던 것처럼.

긴 세월 마음속에 담아두고 있던 슬픔의 덩어리가 산산이 부서지기라도 한 듯 유미코 아줌마는 중얼거렸다.

"나만 늦지 않았더라도……. 나 때문에 아오바 얼굴에 흉터가 남아버려서 고통스러워하고 괴로워하다 자살하고 만 거야……."

입에 올리지는 않았지만, '자살'이라는 충격적인 단어가 질문이 되어 머릿속에 떠올랐다.

"아니에요, 그렇지 않아요."

사토 씨는 단호한 목소리로 말했다.

"아오바 양은 자살하지 않았어요. 주치의도 합병증에 의한 폐렴이 사인이라고 말씀했잖아요. 아오바 양은 웃는 얼굴을 되찾으며 긍정적으로 변하기 시작하고 있었어요. 어머니를 원망하거나 하는 일은 절대 없었어요. 자살 같은 건 생각했을 리 없어요."

"그럼 아오바가 왜 몇 시간이고 비를 맞으며 있었던 거죠? 마치 일부러 폐렴에 걸리려고 하는 것처럼 차가운 비를 계속해서 맞는 모습을 간호사가 봤다고 했어요. 자살하려고 했던 게 분명해요! 내가…… 내가 아오바를 죽음으로 내몬 거예요!"

정신을 놓은 채 울부짖는 유미코 아줌마는 레미 씨가 눈물을 흘렸을 때와 마찬가지로 슬픔의 밑바닥에 있는 얼굴을 하고 있었다.

8년이나 되는 세월 동안 등 돌리고 있던 현실의 벽은 상상 이상으로 높았던 것인지도 모른다. 눈앞의 벽에 부딪힌 유미코 아줌마의 슬픔은 우리의 마음에도 선명하게 메아리쳤다.

유미코 아줌마는 그 자리에서 오열하며 무너져 내렸다. 사토 씨는 유미코 아줌마의 등을 부드럽게 쓰다듬으며 차분하게 말했다.

"유미코 씨, 꿈을 향해 나아가는 사람이 자살을 할 거라고 생각하세요?"

"……꿈?"

"네, 아오바 양이 소중히 간직하고 있던 부적 주머니 안에는 아오바 양의 꿈이 담겨 있었지요?"

"부적 주머니…… 안?"

"그래요. 사고가 난 뒤 유미코 씨가 아오바 양에게 사다 주었던 부적 말이에요. 꿈을 가지고 전진하도록 응원하기 위해 사주었던 그 부적, 기억하세요? 솔직하게 '고마워요' 하고 말하지 못하는 자신을 책망하기는 했지만, 아오바 양은 퇴원하면 어머니께 새로운 꿈을 솔직하게 이야기할 거라고 말하곤 했어요. 그 마음을 종이에 담아 부적 주머니 안에 넣어서 항상 가지고 다녔고요. 당시 담당 간호사가 전해드렸을 텐데……."

"네, 받았어요. 아오바의 숨결을 느끼고 싶어서 항상 몸에 지니고 있어요. 하지만 부적 주머니 안에 들어 있는 꿈이란 건 도대체……?"

딸의 죽음을 받아들이지 못하던 유미코 아줌마는 유품인 부적을 간호사에게 받았을 때 어떤 말도 귀에 들리지 않는 상태였을 것이다. 그 뒤로 여태까지 시간이 흐르는 동안 단 한 번도 부적 주머니를 열어본 적이 없었다고 했다.

아줌마는 목에 걸고 있던 부적 목걸이를 풀더니 조심조심 부적 주머니의 입을 열어 곱게 접힌 종이를 꺼내 들었다. 8년의 세월을 넘어 딸의 글자와 대면하는 순간이었다.

종이에는 사토 씨가 말한 대로 아오바의 꿈이 담겨 있었다. 언젠가 유미코 아줌마에게 전하려고 했던 그 말이 작은 종이에 가득 차 있었다.

엄마, 부적 고마워요. 사고가 난 뒤로 혼자서 사러 갔었다고 아빠한테 들었어요. 마음이 정리가 안 되어서, 고맙다고 채 말을 하지 못해서 미안해요. 그리고 시험 잘 보라고 응원해줬는데 도중에 그만두게 돼버려서 미안해요. 그래도 나, 새로운 꿈이 생겼어요. 수의사가 될 거예요. 엄마는 동물을 좋아하니까, 분명 찬성해주겠죠? 동물과 마주하는 일이라면 얼굴에 흉터가 있어도 신경 쓰이지 않을 거고, 엄마가 조수가 되면 같이 일할 수도 있어서 좋겠다, 하고……. 순백의 세일러복은 입지 못하게 되었지만 수의사가 되면 순백의 가운을 입을 수 있으니까, 나 열심히 할게요! 그러니까 너무 자책하지 말아요. 평소처럼 밝은 엄마로 돌아와주세요. 엄마가 웃는 얼굴이 나는 가장 좋으니까!

새로운 미래로 전진하기 위해, 그리고 사랑하는 어머니와 웃는 얼굴로 마주하기 위해 열두 살이던 그녀는 필사적으로 삶을 살고 있었을 것이다. 그런 그녀가 자살 같은 짓을 할 리 없다. 이 작은 종이에 담긴 말이 순간적으로 그 사실을 확인해주었다. 나는 아오바를 만난 적이 없지만 유미코 아줌마와 닮은 미소를 지은 소녀의 얼굴이 순간 눈앞에 떠올랐다.

아오바의 마음을 다시 부적 주머니 안에 담은 유미코 아줌마가 말했다.

"아까, 레미 씨에게 '이 세상에 있을 수 없는 목소리'를 들은 적이 있다고 했었지요? 그건 사토 씨가 말한 대로 아오바의 목소리였어요. 그 아이 말이죠, 나에게 이렇게 말했어요. '엄마, 웃어요' 하고. 그것도 아오바가 보고 싶어서 울며 밤을 새운 다음 날 아침에 귓가에 부드럽게 속삭여주었어요. 그런 말을 들으면 웃을 수밖에 없잖아요? 밝게 지낼 수밖에 없잖아요? 세상에서 가장 소중한 아오바가 바라는 일인데……."

언제나 밝은 모습이던 유미코 아줌마는 세상에서 가장 소중한 딸을 위해 항상 웃으며 매일매일을 보내왔던 것이다.

눈물을 흘리며 부적을 품에 안은 유미코 아줌마에게 사토 씨가 더 깊은 진실을 밝혔다.

"유미코 씨, 사실 전…… 또 한 가지 아오바 양의 마음을 맡아두고 있어요."

"네?"

"당신이 아오바 양의 죽음을 받아들이지 못하고 있다는 말을 듣고 지금까지 아무 말도 하지 않고 있었습니다만…… 아오바 양은 어떤 것을 지키기 위해 그날 비를 맞고 있었어요."

사토 씨는 조심스레 일어나 모두가 마시고 있는 차를 손에 들었다. 그리고 유미코 아줌마에게 내밀며 말했다.

"8년 전, 아오바 양은 마음을 다잡고 재출발하기 위해 블루베리 모종을 키우고 있었어요."

"블루베리 모종……?"

"네, 아오바 양의 이름, 블루베리와 관련이 있지요?"

"네…… 맞아요. 하지만 그걸 어떻게 알고 계시죠?"

"아오바 양은 자기 이름을 자랑스럽게 생각했어요. 아오바 양이 태어나기 전 두 분이서 호주 여행을 가셨을 때 블루베리 밭에 가셨다지요? 그때 블루베리 잎이 푸르게 자라고 있는 모습에 감동한 두 분은 아이가 태어나면 '아오바(青葉)'라고 짓기로…… 그렇게 약속하셨다고 들었습니다. 아오바 양이 생기 넘치는 표정으로 제게 알려주었죠. 부모님의 사랑이 진하게 느껴지는 그 이름을 아오바는 참 좋아했어요. 그래서 블루베리 모종을 키우면서 새로 태어나는 기분으로 인생을 재출발하고 싶다고…… 그렇게 말했습니다."

"그래서 비가 내리는 날 발아한 모종을 지키려고……?"

유미코 씨와 같은 슬픔을 가진 레미 씨가 물었다.

"네, 병원의 허가를 받아서 화단 한쪽을 빌려 블루베리를 키우려고 했던 아오바 양은 정말 세심하게 모종을 돌보았답니다. 그리고 드디어 싹을 틔운 바로 그때 폭우가 쏟아져서…… 소등 시간 이후에도 몰래 병실을 빠져나와 아침까지 모종을 우산으로 지켜주었던 모양이라고…… 그때 아오바 양의 모습을 발견했던 간호사가 말해줬습니다. 앞으로의 자기 인생을 지키려는 마음으로 모종을 지키려고 했는지도 모르겠어요."

열두 살 소녀가 작은 모종을 우산으로 지키며 서 있는 모습은 아무리 상상력이 빈약한 사람이라도 눈앞에 생생히 그릴 수 있을 것이다.

유미코 아줌마는 그저 조용히 사토 씨의 이야기를 듣고 있었다. 사토 씨는 손에 든 블루베리 티를 테이블에 두고 이야기를 계속했다.

"그 일을 전하면 분명 어머님이 현실로 강제로 끌려오게 될 거라고 생각해, 현실을 받아들이게 되는 날이 올 때까지 마음속에 간직하겠다고 생각했습니다만…… 아오바 양이 자살한 게 아니라는 사실을 증명하기 위해서라도 지금 전달해야 한다고 느꼈습니다."

사토 씨는 유미코 아줌마의 손을 꽉 잡고 이어서 말했다.

"그리고 꼭 보여드리고 싶은 게 있어요. 오늘을 기다리고 있었어요……."

사토 씨는 우리를 뒷마당으로 안내했다. 사토 씨가 손가락으로 가리킨 곳에는 우리의 키보다 높게 자란 블루베리 나무가 늠름히 서 있었다. 가지에는 푸르디푸른 잎이 무성하게 자라 있었다.

"혹시 이 나무가……."

유미코 아줌마는 자기 키보다 훨씬 크게 자란 나무를 시간이 멈추기라도 한 듯 계속해서 올려다보았다.

유미코 아줌마 옆에서 사토 씨가 속삭이듯 진실을 말해 주었다.

"병원을 떠날 때 모종을 화분에 옮겨서 가지고 왔어요. 언젠가 아오바 양의 어머님이 현실을 받아들이게 될 때가 오면 전해드리자고 생각했죠. 이런저런 일로 8년이나 지나버려서 이렇게 훌륭한 나무로 자랐네요……."

우리와 함께 놀라움을 감추지 못하던 레미 씨가 물었다.

"혹시 우리가 언제나 마시던 블루베리 티는 이 나무에서……?"

사토 씨가 대답했다.

"수확이 많은 해에는 잼으로 만들어서 손님께 대접할 때도 있어요."

"아오바……."

블루베리 나무를 죽 지켜보던 유미코 아줌마는 나무에 살짝 손을 대고 눈물을 흘리며 딸의 이름을 불렀다. 부드럽게 쓰다듬으며 몇 번이고 몇 번이고 딸의 이름을 부르는 아줌마의 눈에서는 끊임없이 눈물이 흘러내렸다.

하지만 내 눈에는 슬픔의 눈물이 아니라 8년 동안 쌓인 눈물을 정화하는 것처럼 보였다. 마음의 출구를 닫고 쌓아 온 눈물을 해방하기라도 하듯 유미코 아줌마는 계속해서 눈물을 흘렸다.

어쩌면 사람은 전진하기 위해 우는 것인지도 모른다.

몸도 마음도 가볍게 만들어 새로운 한 발을 내딛을 수 있도록 눈물을 흘리는 것인지도 모른다.

유미코 아줌마의 슬픔을 가볍게 해주기 위해 딸이 살아 있다는 거짓된 생활을 계속해온 아저씨는 푸른 잎이 무성하게 자란 블루베리 나무에 손을 대고 "아오바, 오랜만이구나" 하고 말을 걸었다. 그리고 유미코 아줌마의 작은 어깨를 안아주며 말했다.

"분명 아오바가 우리 모두를 이곳으로 초대한 게 분명해. 엄마를 슬픔의 밑바닥에서 구해주세요…… 앞으로의 인생을 긍정적으로 살아갈 수 있도록…… 하고."

유미코 아줌마는 어깨를 두른 남편의 손 위에 자기 손을 얹고 눈물을 흘리면서도 미소 지으며 말했다.

"맞아, 분명 그럴 거야. 동물을 그렇게 좋아하던 아오바니까, 고양이를 통해 우리를 이곳에 모은 것인지도 몰라. 아오바가 지켜주었던 이 나무처럼 위를 보면서 살아야지…… 현실을 받아들이고 한 발 앞으로 나아가야지……. 언제나 노력하던 아오바가 그렇게 꾸중하는 것만 같아……."

정말로 소중한 것은 눈앞에 보이는 존재가 아닌지도 모른다. 눈에 보이지 않는 투명한 존재를 함께 믿어줄 가족이나 동료, 친구가 있다는 것이 더 중요한 것인지도 모른다.

형태 따위 필요 없다. 마음속에서 살아 있다는 말은 절대 거짓말이 아니다…….

유미코 아줌마도 레미 씨도 형태가 없는 '투명한 출발선'에 서서, 새로운 인생을 향해 한 발 내딛기 시작한 것이다.

카페를 나온 우리는 다시 만날 것을 약속했다.

"그런 어두운 곳에서 살지 말고 우리 마을로 이사 와요. 도와줄 테니까."

히로무가 레미 씨에게 평소처럼 넉살 좋게 말했다. 레미 씨는 진심으로 이사를 생각하는 것과 동시에 유미코 아줌마가 소개해준 고양이를 키우기로 결심한 모양이었다.

그 후 평화로운 일상이 계속되었고 유미코 아줌마도 히로무도 변함없이 파친코에 빠져 지냈다. 그리고 나는 이 마을에 와서 세 번째 12월을 맞이하게 되었다. 올해 크리스마스도 역시 혼자 보내야 하겠지, 하고 생각하며 가게 앞의 노트를 넘기고 있는데 새로운 검은 고양이 사진이 한 장 붙어 있는 것을 발견했다.

그 검은 고양이는 한쪽 눈을 다쳐서 말도 못 할 정도로 아픈 표정으로 카메라 쪽을 바라보고 있었다.

설명을 죽 읽어보니, 도호쿠(東北) 지진 피해로 미아가 되어버려서 전국의 보호 단체를 떠돌고 있는 모양이었다.

하지만 이 검은 고양이의 존재로 인해 나와 히로무의 인생이, 그 톱니바퀴가 어긋나기 시작했다는 사실을 나도 히로무도 알지 못했다.

제4부

기적의 붉은 실*

* 일본에서는 연인, 친척 등의 인연이란 눈에 보이지 않는 붉은 실과 같은 것이라고 생각한다.

"고로, 여름 방학이라고 계속 늦잠만 자지 말고, 얼른 일어나야지. 시로랑 마당에서 놀아주렴."

따뜻한 엄마 목소리에 잠이 깬 내 코에 달걀프라이와 비엔나소시지 익어가는 냄새가 풍겨왔다. 엄마가 만드는 아침 식사는 매주 반 이상이 이 메뉴다.

"형, 일어나! 마당에 고양이 있어. 무지 귀여워! 응? 빨리 일어나!"

통칭 '시로'라고 불리는 내 남동생은 세 살치고는 말을 잘한다. 게다가 나랑은 여섯 살이나 차이 나는데 건방지게 맞먹는 말투로 말한다. 형제니까 당연하다고 생각할지 모르지만, 사실 시로는 어느 날 갑자기 동생이 되었다.

작년 크리스마스이브에 아빠가 조그마한 남자애를 데려왔고 나를 손가락으로 가리키며 말했다.

"시로, 저기 있는 애가 오늘부터 네 형이야."

"형……?"

파워레인저 같은 캐릭터가 그려진 트레이닝복을 입은 조그마한 남자애가 아빠 다리에 들러붙어서 내 눈을 보며 말했다.

무슨 일이 일어난 것인지 이 상황을 이해하지 못하는 한편, 외동인 나는 마음속 깊이 품었던 기대가 부풀어 올랐다.

"너 산타 할아버지 믿어?"

그러자 남자애는 고개를 주억거리며 말했다.

"하지만 내게는 오신 적이 없어."

그 순간 나는 눈앞에 선 '남동생'과 친하게 지낼 수 있을 것 같다는 기분이 들었다. 왜냐하면 나도 산타클로스의 방문을 받은 적이 한 번도 없었기 때문이다. 친구들이 산타클로스는 사실 아빠야, 하고 말하는 것을 들었던 적이 있어서 아빠가 산타클로스로 변신하는 것인가 보다, 하고 기대했다. 하지만 여태까지 단 한 번도 그런 일이 없었다.

"그럼 오늘 밤에 같이 기다리자."

"응!"

아빠 발을 붙잡고 있던 꼬마는 밝아진 표정으로 내게 달려왔다.

어째서 이 애가 내 남동생인 거지, 라든가 어디서 온 거지, 같은 건 알 수 없었지만 그보다 나는 동생이 생긴 즐거움으로 가슴이 벅찼다.

엄마는 상냥하지만 몸이 약해서 달마다 몇 번은 병원에 입원하고, 아빠는 일이 바빠서 아침에 귀가하는 날도 많다. 이제는 그럴 때 혼자가 아니다. 잘 때도 잘 자, 하고 인사할 사람이 생겼다. 꿈이 부풀어 올랐다. 나는 작은 남동생의 손을 꼭 쥐었다.

"야, 고로, 이런 데서 잠자지 마."

"아, 알았어, 시로. 일어났다니까……. 아, 진짜 여름 방학인데, 늦잠 좀 자자……."

"헛소리 그만하고 안 일어나?"

익숙한 목소리에 눈을 뜬 나는 주변을 돌아보다 헉, 하고 놀랐다. 대걸레를 든 점장이 가게 앞 벤치에서 자고 있던 내 얼굴을 들여다보고 있었다.

"큰일 났다. 진짜 자버렸네요."

"너 정직원 안 되고 싶냐? 아무리 가게에 손님이 없어도 그렇지, 직장에서 자는 놈이 어디 있어?"

"죄송합니다……."

"그런데 시로가 누구냐?"

"네? 제가 그런 말을 했나요?"

"했어. 개 키워?"

"아뇨, 그게…… 남동생인데요. 시로(史郎)인데 모두가 시로(しろ)*라고 불렀어요."

"흠, 고로한테 남동생이 있는 줄은 몰랐는데."

"아, 그게 1년만 같이 살아서요."

"뭐?"

"복잡한 사정이 좀 있어요……."

그때 단골이 불러서 점장은 가게 안으로 돌아갔다.

나는 어린 시절 꿈을 꾸고 있었다.

어느 날 갑자기 내 남동생이 된 시로는 도예가였던 아버지가 조수에게 손을 대 태어난 사생아라고, 친척이 말하곤 했다.

아버지는 이름이 조금 알려진 도예가여서 기술을 배우고자 찾아오는 사람이 꽤 있는 편이었다. 때문에 집 안에 언제나 제자나 조수가 들락날락했던 걸로 기억한다.

그런 집에서 내가 가장 좋아한 곳은 커다란 연못이 있는

* 史郎는 뒤가 장음이어서 しろ와 그 발음이 다르지만 우리말에서는 장음표기를 따로 하지 않는다. しろ는 하얗다는 뜻으로, 우리말의 '바둑이'처럼 일본에서 강아지 이름에 주로 쓰인다.

마당이었다.

화초를 사랑하던 어머니가 꽃에게 물을 주면 언제나 그 옆에서 나는 금붕어에게 먹이를 주곤 했다.

여섯 살 아래인 시로도 넓은 마당을 뛰어다니는 것을 매우 좋아했다. 하지만 시로가 오고 나서부터 어머니가 웃음을 보이는 일이 줄어들었다. 화초에 물을 줄 때도 멍하니 서서 혼이 나간 것 같은 느낌이었다.

그런 나날이 이어져 시로가 집에 온 지 8개월이 지났을 무렵인 어느 여름날의 아침, 우리 집 마당에 검은 고양이가 한 마리 흘러들었다.

"형, 빨리 일어나! 마당에 고양이 왔어. 엄청 귀여워! 응? 빨리 일어나!"

동물을 좋아하는 시로는 늦잠을 자는 나를 깨우러 왔다가, 내가 일어나지를 않자 토라져서 검은 고양이를 혼자 찾아가 쓰다듬어주었다. 그런 모습이 귀여웠다.

검은 고양이는 가끔씩 마당을 찾아왔고 어느새 배가 둥글게 불러 있었다. 시로는 배가 커다랗게 된 검은 고양이를 보고 "깜장 고양이, 엄마 되는구나" 하고 중얼거렸다. 그 눈동자는 어딘가 모르게 적적해 보였다. 이제 와 생각해보면 갑자기 알지도 못하는 집에 들어오게 된 시로의 기분이 어땠을지, 어떤 이유로 어머니와 헤어져 우리 집으로 오게 된 것인지……. 당시 어렸던 나는 그런 생각은 하지 못했고, 그저 어린아이답게 시로와 놀면서 지냈다.

얼마 지나지 않아 검은 고양이는 우리 집 툇마루 아래에 다섯 마리의 새끼 고양이를 낳았다. 그중 한 마리는 태어나자마자 한쪽 눈이 불편했는데 어째서인지 시로를 가장 따랐다. 시로는 유치원에서 돌아오면 새끼 고양이를 한 마리 한 마리 품에 안아주며 귀여워했다. 하지만 어느 날 고양이 한 마리가 연못에 빠지고 말았다. 한쪽 눈이 불편한 새끼 고양이와 가장 사이가 좋은 새끼 고양이였다.

시로는 물에 빠진 새끼 고양이를 구하려고 망설임 없이 연못에 발을 들이밀었다. 연못이 깊다는 사실을 알고 있던 나는 급히 시로를 막으려고 달려가다 발이 미끄러져 연못에 빠지고 말았다. 그 모습을 뒤에서 발견한 어머니는 곧바로 나를 구하러 왔는데 시로가 나를 떠밀었다고 생각하고 시로의 그 작은 뺨을 있는 힘껏 후려쳤다. 그때 들었던 마음 아픈 소리는 지금도 잊지 못한다. 아무리 그래도 그렇게까지 화낼 필요는 없었다…….

연못에 빠진 새끼 고양이는 안됐지만 구하지 못했다. 아버지의 조수였던 한 남자가 연못 바닥에서 진흙투성이가 된 작은 검은 고양이를 끌어올렸다.

남은 네 마리도 어느 틈엔가 어미 고양이와 함께 우리 집 마당에서 모습을 감추었다.

연못에서 새끼 고양이가 죽은 뒤로 시로는 급격히 기운을 잃었고, 마당에서 뛰어 노는 모습도 없어졌으며, 얼굴 가득 웃음 지으며 "형, 놀자!" 하고 말하는 일도 없어졌다.

새끼 고양이를 잃은 충격과 내 어머니에게 세게 뺨을 맞은 충격 중 어느 쪽이 마음의 상처가 되었는지 당시 나로서는 알 수 없었지만, 시로를 때렸던 내 어머니 자신도 마음의 변화를 일으키고 있었다.

검은 고양이들이 사라지고 나서 일주일이 지난 12월, 어머니는 시로를 데리고 집을 나가버렸다. 며칠 뒤가 크리스마스였기에 집 안에는 크리스마스트리도 놓여 있었고, 시로와 함께 만든 검은 고양이 종이접기도 미처 장식하지 못한 상태로 있었다. 또 시로가 우리 집에 온 지 1년이 되는 축하를 겸해 평소보다 큰 케이크도 주문했었다.

왜 엄마는 갑자기 시로를 데리고 집을 나가버렸을까.

무엇보다 왜 내가 아니라 겨우 1년 같이 산 시로를 선택한 것일까. 엄마는 나를 사랑하지 않았던 것일까.

그 일은 10여 년이 지난 지금도 나를 괴롭히고 있다.

어머니와 시로가 없어지고 난 뒤 아버지는 더더욱 말수가 줄어들었다. 아버지뿐만이 아니라 아무도 어머니 일을 입에 담지 않았고, 마치 애초부터 어머니나 시로가 존재하지 않은 것처럼 되어버렸다.

어머니가 시로를 데리고 집을 나간 일도 슬펐지만 "형!" 하고 따르던 남동생과 다시는 만나지 못하게 된 것이 내 안에서 지워지지 않는 슬픔이 되었다. 어머니는 상냥한 사람이었지만 어딘가 그늘이 있는 사람이랄까, 내가 모르는 얼굴을 가지고 있는 사람이어서 아주 조금이지만 거리를 느끼곤 했다. 시로와는 단 1년 함께 지냈을 뿐이지만 산타클로스를 기다리던 때를 공유한 둘도 없는 남동생이었으며, 처음이자 마지막으로 만난 친구였다…….

완전히 잠에 취해버렸던 벤치에서 일어나니 쌀쌀한 바람이 불었다. 곧 크리스마스를 맞을 이 계절, 작은 상점가에는 빨간색과 초록색의 싸구려 전구가 장식되어 있었다. 그런 풍경을 보고 있는데 유미코 아줌마가 유메를 데리고 가게 앞을 지나가면서 여전히 밝은 미소로 나에게 말을 걸었다.

"어머, 고로 님, 잘 지내고 계시옵니까?"

"못 지내고 계시옵니다. 방금 점장님한테 혼났거든요."

"어머, 저런. 하지만 어차피 농땡이 피우다 혼난 거 아니야? 자업자득이지, 뭐. 참, 그 검은 고양이는 어떻게 되었어? 누가 문의해오지는 않았어?"

"검은 고양이……?"

"응, 얼마 전에 노트에 붙은 한쪽 눈이 불편한 검은 고양이 말이야."

"아, 도호쿠 지진 피해로 고아가 된 고양이? 딱히 누가 연락해오지는 않았는데요."

"그래? 어떻게 해서든 주인과 재회시켜줄 방법이 없을까……."

또 유미코 아줌마의 오지랖이 시작되었구나, 하고 생각하면서 나는 가게 앞에 놓인 노트를 손에 들고 며칠 전에 붙은 검은 고양이 페이지를 다시 읽어보았다.

3년 전, 후쿠시마에서 생이별한 반려동물 고양이를 찾고 있습니다. 한쪽 눈이 불편한 검은 고양이로, 이름은 시로(シロ)라고 합니다. 피해를 입은 동물들이 전국 보호 단체에 나뉘어 보내졌다고 듣고, 여기에도 기록을 남깁니다. 혹시나 소식을 가지고 계신 분은 아래 연락처로 연락 주세요.

0237-XXXX-XXXX 간호 시설 오페라

시로(シロ)라는 이름의 한쪽 눈이 불편한 고양이……. 나는 남의 일로 느껴지지 않았다. 시로(しろ)라 불리던 내 동생 시로(史郎), 마당에 살던 검은 고양이, 그리고 그 고양이가

낳은 한쪽 눈이 불편한 검은 고양이.

봉인해두었던 어린 시절의 기억이 점점 되살아났다. 어머니에게 버림받은 일, 예뻐했던 동생과의 이별, 그 이후로 깊어진 아버지와의 감정적 대립……. 떠올리고 싶지 않은 기분과 달리 내 머릿속은 아홉 살 때의 나로 가득해졌다.

"이상하지, 검은 고양이인데 왜 '시로'일까?"

갑자기 등 뒤에서 들려온 히로무의 목소리에 놀라 뒤를 돌아보니, 쇼타로와 함께 샌드위치를 먹으며 노트를 보고 있었다.

"히로무, 깜짝 놀랐잖아."

"놀라게 할 생각은 없었어. 고로가 눈치를 못 챈 거지. 근데 이 고양이 무슨 일이야? 한쪽 눈이 불편하다고?"

"글쎄, 어쩌다가 눈이 불편하게 됐는지는 모르겠는데, 주인이 3년째 찾고 있는 모양이더라고."

"3년……. 애초에 살아 있기는 할까?"

핵심을 찌르는 발언이었다. 분명 여기에 있는 그 누구라도 히로무와 똑같은 생각을 조금씩은 하고 있었을 테니까.

"응? 이 야옹이……."

쇼타로가 자기가 만든 샌드위치를 입에 털어 넣고 양손으로 노트를 들어 검은 고양이 사진을 천천히 뜯어보기 시작했다.

"왜 그래, 쇼타로?"

히로무가 물어도 귀에 들어오지 않는지 쇼타로는 입에 든 샌드위치를 우물거리다가, 꿀꺽 삼키고는 말했다.

"이 야옹이, 엄마네 요리 교실 학생 집에서 키우는 야옹이 같은데."

"뭐?"

"이 사진에는 안 나와 있긴 한데, 이 야옹이, 배가 반달곰처럼 하얘."

나는 닮은 고양이라고 생각하고 쇼타로에게 물었다.

"쇼타로네 어머니가 가르치는 학생이라는 분은 언제부터 그 고양이를 키웠어?"

"응, 그게 언제였더라. '부냥해' 열렸던 게 작년이니까, 아마 1년 전쯤?"

"부냥해?"

"혹시 그거 '분양회' 말하는 거 아닐까……?"

히로무가 되묻자, 유미코 아줌마가 말했다.

분양회란 보호받는 고양이에게 입양 부모를 찾아주는 모임인데 매년 정기적으로 열린다. 작년 말에도 이 지역에서 열렸던 모양인데 그때 도호쿠 보호 단체로부터 넘겨받은 고양이도 포함되어 있었다고 유미코 아줌마가 말했다.

"그럼 있는 전화번호로 전화를 걸어서 이 사진 속 검은 고양이 배가 하얀지 어떤지 확인해보자. 혹시 배가 하얗다면 쇼타로가 말하는 검은 고양이가 이 고양이일 가능성도 높아지겠지."

곧바로 주머니에서 휴대폰을 꺼내 든 유미코 아줌마는 노트에 적힌 전화번호로 전화를 걸었다.

여기가 사이타마에 있는 파친코 가게 앞이라는 사실을 전하고 '입양 부모 찾기 노트'에 적혀 있는 검은 고양이의 상세한 정보를 확인하는 등 이런저런 대화를 나눈 뒤 유미코 아줌마는 본론으로 들어갔다. 그러자 그쪽에서 찾고 있는 검은 고양이의 배도 반달곰처럼 하얀 모양인지, 유미코 아줌마가 흥분한 목소리로 쇼타로의 지인이 기르고 있는 고양이에 대한 정보를 전달했다.

"고로……."

전화를 끊은 유미코 아줌마가 내 눈을 똑바로 보며 말했다. 뭘 부탁하려는 수작이라는 걸 나는 잘 안다.

"안 돼요."

"아직 얘기도 안 꺼냈는데."

"안 봐도 척이에요. 3년을 매일같이 아줌마 얼굴 봤는데, 뭘 생각하는지 정도는 촉이 와요."

"그럼 됐네. 다녀와."

"뭐라고요?"

"검은 고양이 시로를 키우셨던 분이 후쿠시마 요양 시설에 계신다고 그러네?"

"요양 시설……?"

"그거 양로원 말하는 건가?"

옆에서 듣고 있던 히로무가 말했다.

"응. 키우셨던 분이 여든의 노인이셔서 몸이 안 좋으신 모양이야……. 간토(関東)*에 있는 친구에게 부탁해서 노트에 정보를 적게 하신 거 같아. 그래서 혹시라도 정말로 쇼타로가 알고 있는 검은 고양이가 그 시로가 맞으면, 비용을 낼 테니 데려와 줄 수 있겠냐고 하시네."

"어? 비용을 댄다고요?"

히로무가 끼어들어 물었다.

"응. 20년이나 같이 산 고양이니까, 기운이 있을 때 한 번이라도 좋으니 만나고 싶으신 모양이야."

보통 고양이의 수명은 10여 년이라고 하는데 꽤나 장수한 고양이구나. 자동차에 부딪히는 일도 병을 앓는 일도 없이 상당히 애지중지 자란 모양이지. 여든이 되는 노인의 부탁인데 들어주고 싶은 마음도 있지만, 그렇다고 해서 일부러 후쿠시마까지 데리고 갈 것까지야……. 내게는 벌써 3년

* 주로 도쿄 인근 지역인 도쿄, 이바라키, 지바, 가나가와 현 등을 가리킨다.

이나 돌아가지 않은 고향이기도 하고, 고향에 좋은 추억 따윈 하나도 없다.

이런저런 생각으로 머릿속이 복잡한 가운데, 히로무가 불쑥 중얼거렸다.

"잠깐만. 고로 고향 후쿠시마 아닌가?"

"응? 정말?"

그 말에 유미코 아줌마가 눈을 빛냈다.

"뭐, 그렇긴 한데……."

나는 거짓말하기도 그래서 작은 목소리로 대답했다. 사실 히로무가 내 고향을 어떻게 아는지가 조금 놀라웠다.

"히로무, 내가 너한테 고향 이야기 했었냐?"

"기억 안 나? 전에 술 먹다 말했잖아."

기억을 거슬러보아도 애초에 취해서 한 이야기라니 떠오를 리 없었다. 내 고향이 후쿠시마라는 사실을 안 유미코 아줌마는 평소처럼 밝은 얼굴이 아니라 내 기분을 신경 쓰는 표정으로 말했다.

"혹시 그때 지진 피해 때문에 여기로……?"

"아, 그런 건 아니긴 한데, 그렇다고 완전히 아니라고 하기도 그렇고."

"그래……. 부모님은 지금도 후쿠시마에 계셔?"

"……어머니는 내가 아홉 살 때 집을 나가버려서 그 후로는 어디서 뭘 하는지도 모르고, 아버지는 어머니 나가고 난 뒤로 술독에 빠져 살아서 지진 피해 때도 술 마시다 위험한 상황에 빠져버렸죠. 그걸 계기로 알코올 중독 전문 병원에 입원한 뒤로 아직까지 한 번도 만난 적이 없어요. 가까운 친척도 딱히 없고 후쿠시마에 있을 필요도 없어서, 3년 전 스물여섯이 되었을 때 상경한 거예요."

"뭐랄까…… 괜히 미안하네. 힘든 일 생각나게 한 것 같아서……."

"괜찮아요. 사실이고, 지금까지 말할 기회가 없었을 뿐이니까. 돈도 없이 상경해서 제대로 된 원룸을 빌릴 수가 없어서 숙식 제공 아르바이트를 모집하던 여기로 오게 된 거예요."

왠지 모르게 공기가 푹 가라앉은 그때 히로무가 말했다.

"나도 사실은 3년 전에 상경했거든. 스무 살 때. 후쿠시마 시설에서 열다섯 살 때까지 있다가 시설을 나오고 나서 여기저기서 살았긴 한데, 뭐랄까, 여기가 가장 길게 살았던 곳이라고 해야 하나."

히로무와 내가 고향이 같다는 것을 처음 알았다. 아니, 어쩌면 술집에서 이미 들었는데 기억이 전혀 남아 있지 않은 것인지도 모른다. 나는 유미코 아줌마가 괜히 신경 쓰는 모습을 보기 힘들어서 이야기를 검은 고양이 쪽으로 돌렸다.

"어찌 되었든 쇼타로가 알고 있는 검은 고양이가 정말로 이 노트에 있는 검은 고양이인지는 아직 모르는 거고, 일단은 그걸 확인하는 게 우선 아닌가?"

"나, 학생님 야옹이 사진 찍어 올게!"

벤치에 앉아 노트를 열심히 보고 있던 쇼타로가 차례를 기다리기라도 한 양 말하고는 내달려 사라졌다.

우리는 일단 쇼타로가 찍은 사진을 보고 나서 앞으로의 일을 생각하기로 하고 그 자리에서 헤어졌다.

그로부터 며칠이 지난 크리스마스이브 아침, 파친코 가게에 한 통의 전화가 걸려왔다.

"여보세요, 여기는 후쿠시마 현 고리야마 시 파출소입니다만, 고로 씨라는 분 혹시 계신가요?"

"제가 다케우치 고로입니다만……."

때마침 수화기를 들었던 나는 내 이름이 나온 것에 동요하면서 대답했다. 그러자 수화기 건너편에서 "고로!" 하는 목소리가 들려왔다. 그 목소리는 다름 아닌 쇼타로의 목소리였다.

젊은 경찰에게 사정을 들어보니, 쇼타로는 검은 고양이 사진 몇 장을 손에 들고 후쿠시마 고리야마 역 앞을 어정버정하고 있었고, 그 모습을 지나가던 경찰이 보고 말을 걸었다고 했다. 그때 야옹이, 파친코 가게 고로, 히로무 등의 이름이 나왔고, 어디에 있는 파친코 가게인지를 쇼타로에게 물은 뒤 전화를 걸었다고 했다.

쇼타로는 검은 고양이 사진을 찍은 뒤 고양이 주인에게 사진을 보내려고 유미코 아줌마에게 주소를 물어보았다. 하지만 봉투에 주소 쓰는 법을 몰라서, 곤혹스러워하며 신코시가야 역 쪽으로 걸어간 차에 마침 '후쿠시마 교통'이라고 적힌 장거리 버스가 서 있는 것을 발견하고, 승객 틈에 섞여 타버렸다. 운이 좋은 것인지 안 좋은 것인지, 그 버스에는 취소석이 있어서 쇼타로는 거기에 앉았고 멀고 먼 후쿠시마까지 가버린 것이다.

쇼타로의 어머니는 상당히 걱정하고 있을 터였다. 나는 일단 설명을 듣고 난 뒤 전화를 끊고, 어떻게 해야 할지 유미코 아줌마와 논의하기로 했다.

내게 연락을 받은 유미코 아줌마는 우선 쇼타로의 어머니에게 연락을 넣고 곧바로 파친코 가게로 달려왔다. 쇼타로의 어머니는 막 경찰서에 실종 신고를 하러 간 참이었고, 매우 걱정하고 있었다. 하지만 자기 요리 교실 학생이 키우는 고양이와 관계있는 일이라고 전하자 "쇼타로답네요" 하고 말하며 한숨 돌렸다고 했다.

한 마리의 검은 고양이 때문에 이렇게 큰 소동이 벌어질 거라고는 상상도 하지 못했지만, 어찌 되었든 쇼타로를 파출소에 계속 대기시킬 수도 없는 노릇이라 유미코 아줌마와 이야기한 끝에 검은 고양이 주인이 입주하고 있는 보호시설에 사정을 설명하고 간호 복지사에게 쇼타로를 데리러 파출소로 가달라고 부탁하기로 했다.

주인에게 검은 고양이 사진을 보여주고 싶다는 마음 하나만으로 알지도 못하는 곳으로 가서 혼자 불안한 마음을 안고 있을 쇼타로의 모습을 상상하니 내가 더 안절부절못하는 기분이 되었다.

분명 유미코 아줌마도 똑같은 기분이겠지. 하지만 우리의 그런 걱정과는 반대로 파출소에 마중 나온 간호 복지사의 말에 의하면 쇼타로는 조금 불안해하는 기색은 있었지만 보호시설에 도착하자마자 입주하고 있는 노인들과 그림을 그리거나 사진을 찍으면서 즐겁게 시간을 보내고 있다고 했다.

그리고 시로라는 이름의 검은 고양이를 찾고 있는 여든 살 할머니에게 사진을 보여주자, 자신이 찾는 고양이가 분명하다고 했단다. 무엇보다 일부러 후쿠시마까지 사진을 가지고 와준 쇼타로에게 할머니는 크게 감동한 모양이었다.

또한 작년에 열린 분양회에서 시로의 입양 부모가 되어준 사람에게 원래 주인이 확인되었다는 사실을 쇼타로 어머니를 통해 전하자, 주인에게 돌려보낼 것을 흔쾌히 승낙해 주었다. 그러자 올해로 스무 살이 되는 시로를 도대체 어떻게 후쿠시마로 데리고 갈 것인가, 하는 문제에 부딪히고 말았다.

비용은 신칸센 티켓비와 숙박비를 합쳐 세 명분을 줄 수 있다고 했다. 사이타마에서 고리야마까지 신칸센으로 한 시간 정도면 가지만 3년 만의 귀향길인데 숙박비도 준다고 하니 묵고 오는 게 어떻겠냐고 유미코 아줌마가 말했다. 하지만 이미 쇼타로가 도착해버렸으니 이쪽에서 출발하는 사람은 두 사람과 한 마리.

유미코 아줌마는 나와 히로무의 고향이 후쿠시마라는 사실을 들은 탓인지, 아니면 긴 여행의 피로를 예상해서인지는 모르지만, 자기 대신 히로무랑 다녀오라고 말했다.

나는 히로무에게 갈 생각이 있는지를 전화로 물어보았고, 수화기 너머에서 히로무는 소풍 가는 어린아이처럼 즐거워하는 목소리를 냈다.

한 시간 후 나와 히로무는 오오미야 역에서 만나 신칸센에 올랐다.

간토의 주인과 헤어져 다시 고향인 후쿠시마로 돌아가게 된 검은 고양이 시로는 말 그대로 '빌려온 고양이'*처럼 얌전했다.

옆자리에 앉은 히로무에게 나는 잡담을 건넸다.

"히로무, 너 후쿠시마에 친구는 있냐?"

"친구? 뭐, 같은 시설에서 자란 형제 같은 녀석들은 몇 명 있긴 해."

"흠, 히로무랑 크리스마스이브를 보내게 될 줄이야."

"그러게 말이야."

새삼 옆자리에 앉으니 대화거리란 게 의외로 없는 거구나, 하는 생각을 했다.

우리는 창문 밖을 보거나, 차량 안에서 파는 도시락을 사기도 하면서 어른의 소풍을 만끽했다.

히로무의 눈에는 이 풍경이 어떻게 비치고 있을까. 히로무에게도 마음 따뜻해지는 고향 같은 느낌은 아닐 것이다. 내게도 물론 좋은 추억이 있는 건 아니다. 그렇지만 히로무와 함께 후쿠시마로 돌아가는 이 순간은 이상하게도 아주 약간 즐거운 기분이 들었다.

어느새 우리를 태운 신칸센은 고리야마역에 도착했다. 역사 안으로 발을 옮기자 살갗 서늘한 바람이 단번에 온몸을 감쌌다.

쇼타로가 기다리는 보호시설로 가려면 여기서 버스로 한

* 일본어의 관용구로 '평소와 달리 얌전한 모습'을 뜻한다.

시간을 더 가야 했다. 마중 나오시겠다고 했지만 교통비도 내주시는 데 괜찮다고 거절하고 버스로 가기로 했다.

버스 정류장에서 히로무와 함께 담배를 피우고 있는데 히로무의 휴대폰가 울렸다. 화면을 확인한 히로무는 전원을 꺼버리며 말했다.

"고로, 미안한데 쇼타로가 있는 보호시설에는 혼자서 가면 안 될까?"

"뭐? 너 지금 뭔 소리 하는 거야?"

"옛날에 같이 어울리던 놈들한테 후쿠시마 간다고 얘기했더니, 다들 모여 있는 모양이라…… 잠깐 얼굴만 보이고 싶어서."

"진짜? 걱정인데……."

"쇼타로도 혼자 왔는데 고로 혼자 가도 괜찮을걸. 게다가 내가 같이 가도 어차피 고양이는 만지지도 못하는데 아무 도움도 안 될 거고."

"교통비를 두 사람 걸 받았는데 나 혼자 가는 건 좀……."

"부탁해!"

히로무는 그렇게 말하고 버스 정류장을 떠나버렸다.

그때 나는 이 버스 정류장이 우리 두 사람에게 있어서 운명의 갈림길이 될 거라고는 상상하지 못했다.

*

"전화하지 말라고 했잖아. 고로한테 들키면 어쩌려고 그래."

"미안해, 시로(しろ). 하지만 갑자기 여기 온다고 그러니까 나잇값도 못 하고 막 두근두근해서……. 병원 생활은 심심하거든."

"아무리 심심해도 그렇지 아버지랑 만나는 게 들키면 3년 동안 고로랑 쌓아온 신뢰가 다 무너지잖아."

"시로, 너 이제는 형을 아무렇지도 않게 고로라고 부르는구나."

"아버지야말로 나를 시로라고 부르지 마. 어린애도 아닌데. 간토에서는 사람들이 제대로 히로무라고 부른다고."

"뭐 어때? 네 엄마 고향에서는 히로를 시로라고 발음하잖아."

"됐고. 참, 고로는 동생 이름이 시로(史郎)인 줄 알던데?"

"시로(史郎)? 아하, 그 녀석 어머니가 집 나가고 나서는 지금까지 네 일은 아예 접하지 못했으니, 주변에서 시로(しろ)라고 불러서 자기도 모르게 머릿속에서 시로(史郎)로 바뀌어버린 거겠지."

버스 정류장에서 아버지의 전화를 받고 나는 고로에게

들키지 않게 아버지가 입원 중인 병원으로 향했다. 3년 전, 지진 피해를 입었을 때도 술에 절어 있던 이 남자는 위험한 상황에 처했던 것을 계기로 강제적으로 알코올 중독 전문 병원에 처박혔다. 내가 이 남자와 재회한 것은 그 뒤 얼마 안 되어서였다.

그렇다. 이 남자가 고로의 아버지이자 내 아버지이다. 불륜 상대였던 정부에게 나를 임신시킨 데다가 내가 세 살 때 크리스마스이브 날 갑자기 와서는 자기 집으로 데려갔다. '어쩌다 들어오는 아버지'이기는 했지만, 갑자기 집으로 데려갔을 때는 뭐가 뭔지 몰랐다. 그리고 "오늘부터 네 형이야"라고 소개받았던 것이 여섯 살 위인 고로였다.

고로는 당시 같이 살던 동생이 나라고는 전혀 눈치채지 못하고 있다. 처음에는 곧바로 동생이라는 사실을 밝힐 생각이었지만 때가 잘 안 맞아서 3년이 지나버리고 말았다. 아니, 그보다도 진지하게 일하는 고로의 모습을 보자 대충대충 살아온 나 자신이 부끄러워져서 말하지 못한 것도 있다.

그런 고로가 사이타마에서 일하고 있다는 사실을 알려준 것이 여기 있는 아버지다.

아버지와 재회했을 때는 3년 전 겨울이었다. 성인식 때 정신줄 놓고 까불던 친구가 급성 알코올 중독으로 병원에 실려 갔을 때, 친구를 따라갔던 나는 이 병원에서 아버지의 모습을 발견했다. 10여 년 만이었지만 나는 곧바로 알아차렸다. 풍격이라고나 할까, 보통 사람과는 조금 다른 기운을 뿜는다고나 할까. 다만 키가 큰 사람이라고 기억하고 있었는데 나와 비슷하다는 사실이 낯설게 느껴졌다.

나는 아버지의 뒤를 쫓아가서 병실에 적혀 있는 이름을 보고 확신했다. 세 살 때 같이 살았던 그 남자다, 하고. 그러자 아버지도 내 시선을 느끼고는 곧바로 눈을 마주치고 몇 초 안 되어 "시로(しろ)냐……?" 하고 물었다. 금발머리가 된 나를 잘도 알아차렸구나, 하고 생각하면서도 "응" 하고 대답했다. 몇 번이고 얼굴을 마주하는 사이 아버지가 내가 살던 시설에 어떻게 지내나 몇 번 찾아왔었다는 사실을 알게 되었다. 그래서 모습이 바뀌었는데도 생김새를 알아본 것이겠지. 왔었건 아니건 상관없었다. 그렇다고 해서 과거가 바뀌는 것도 아니고. 그보다는 형 고로가 어떤 인생을 보냈는가, 10년이 넘는 시간 동안 어떤 인간이 되었는가. 나는 그게 더 알고 싶었다.

세 살 때 기억은 거의 남아 있지 않지만 나는 어머니와 할머니, 이렇게 세 명이서 살았다. 그렇기는 해도 낮에는 대부분 누군가에게 맡겨져서 밤이 돼야 나를 찾아간 데다, 집에 가도 밥도 안 주고 잠만 재울 뿐이었다. 그래서 크리스마스 이브에 아버지가 데리러 왔을 때 어린 나이였음에도 인생이 변하는 순간을 느꼈다. 산타클로스가 온 것 같은 기분이었다. 하지만 내 '형'은 처음 만났을 때 이런 말을 했다.

"너 산타 할아버지 믿어?"

나는 믿는다, 믿지 않는다가 아니라 믿고 싶은 기분으로 마음속이 가득해 있었다. 끄덕하면서 "하지만 오신 적이 한 번도 없어"라고 말하자 형은 "그럼 오늘 밤에 같이 기다리자"고 말하며 씩 웃었다. 아버지 발에 매달려 있던 나는 상냥한 형에게 달려갔다. 내 작은 손을 꽉 쥐어준 형의 손은 매우 따뜻했던 것으로 기억한다.

오랜만에 재회한 아버지에게서 그때의 형이 사이타마에 있다는 말을 듣고 고민한 끝에 나는 형과 가까운 곳으로 이사하기로 결심했다. 혹시라도 별로인 인간이 되어버렸으면 어떻게 하지, 혹시라도 그렇다면 유일하게 남아 있는 좋은 추억이 새까맣게 덧칠되어버릴 텐데. 하지만 이대로 만나지 않고 후회하는 것보다 만나고 후회하는 편이 낫다. 그렇게 스스로를 설득하고 나는 사이타마로 떠났다.

심부름센터에서 일하면서 형이 있는 파친코 가게에 들렀다. 모두가 친근하게 "고로" 하고 부르는 모습을 보았을 때 나는 눈물이 왈칵 쏟아지려 했다.

내가 가장 좋아했던 형은 가게 앞에서 살고 있는 길고양이에게 먹이를 주고, 유미코라는 성격 밝은 아줌마와 즐겁게 대화를 나누고, 가도쿠라라는 마을에서 가장 부자인 사람에게도 알랑방귀 뀌는 일 없이 그저 담담하게 일을 하고 있었다. 너무 담담해서 마음속에 구멍이 뻥 뚫려 있는 것처럼 보였지만, 내 형이었을 때와 달라진 점은 없었다.

얼마 지나지 않아 평범한 손님과 종업원이던 우리의 관계는 급격히 변화하기 시작했다.

돈이 필요했던 나는 마을에서 가장 부자라는 가도쿠라 씨의 메달을 훔치려고 했다. 그때 내 행동을 알아챈 가도쿠라 씨가 벼락처럼 화를 냈다.

"이 도둑고양이 같은 놈아! 남의 메달이나 좀도둑질하는 쓰레기 짓거리 당장 집어치워!"

"거, 상자 하나 가지고 되게 그러네. 그냥 하나 줘도 되잖아요. 좀생이 사장 같으니라고."

나 자신도 말도 안 되는 말을 하고 있다는 사실을 잘 알고 있었지만, 그래도 나는 돈이 필요했다. 또 그때는 가도쿠라 씨가 하는 말의 의미를 잘 이해하지 못했지만 나중에 휘말린 고양이 사건을 통해, 나는 돈에 대한 생각이 바뀌게 되었고 형과의 관계도 변하기 시작했다. 같이 술을 마시거나 유미코 아줌마의 동물 보호 활동을 돕는 등 소위 친구라 부를 만한 관계가 되었다.

하지만 편안함을 느끼면 느낄수록 거짓말을 하고 있다는

사실에 마음이 아파졌고, 언젠가는 내가 동생이라는 사실을 밝혀야 할 텐데, 하는 생각에 짓눌리는 기분이었다.

그러던 어느 날, 유미코 아줌마가 관리하고 있는 '입양 부모 찾기 노트'에 후쿠시마에 관계된 고양이 얘기가 게재되었다. 한쪽 눈이 불편한 검은 고양이를 찾는 사람이 있다고. 혹시 찾는다면 고로는 아버지가 있는 병원으로 가겠지. 거기에 나도 따라간다면 세 명이 얼굴을 마주할 계기가 생긴다. 내가 동생임을 밝힐 기회를 만들 수 있을지도 모른다. 지금까지 해온 거짓말에 종지부를 찍을 수 있을지도 모른다…….

그런 기대를 품고 있던 때에 가도쿠라 씨 아들 쇼타로가 우연히 그 검은 고양이를 알고 있다고 말했다. 나는 태어나서 처음으로 기적을 느꼈다. 아니, 이건 우연도 기적도 아니고, 꼭 와야만 하는 때가 온 것인지도 모른다. 인생이라는 시나리오에 처음부터 적혀 있던 순간인지도 모른다.

쇼타로가 먼저 후쿠시마로 가버린 것은 예상 밖이었지만, 그 덕에 나는 고로랑 둘이서 후쿠시마로 가게 되었다.

곧바로 후쿠시마 병원에 입원한 아버지에게 연락하자 3년 만에 재회하게 되어 상당히 기뻐했다. 나랑은 가끔씩 전화 통화로 이야기를 나누기는 했지만, 고로랑은 3년 동안 한 번도 연락을 한 적이 없다고 했다. 우선은 나 혼자 아버지를 만나 어떻게 우리 관계를 밝힐 것인가를 의논하기로 했다.

후쿠시마로 향하는 신칸센 안에서 나는 각오를 다졌다. 내가 동생이라는 사실을 밝히는 것으로 인해 신뢰가 무너져 고로의 마음이 멀어져버린다 하더라도, 만나지 않고 후회하기보다 만나서 후회하는 편이 낫다고 스스로에게 말했다. 이사 왔을 때의 기분을 떠올리고 우정에 마침표를 찍을 각오를 굳혔다.

"형!" 하고 처음 만났던 그날과 똑같은 크리스마스이브에 나는 모든 것을 밝히는 것이다.

옆에 앉아 있는 고로는 나를 배려해 이런저런 말을 걸어주었지만 내 머릿속은 각오로 가득 차 있었다. 돌아오는 신칸센에서는 친구가 아니라 형제로서 옆에 앉을 수 있기를……. 그저 빌고 또 빌었다.

*

검은 고양이 시로(シロ)와 함께 한 시간 정도 버스를 타고가 겨우 도착한 곳은 흔히 말하는 경계 구역*과 가까이 붙어 있었다. 건물은 있지만 사람은 거의 없고, 주변 일대가 텅 비

* 지진 피해로 접근이 통제된 지역을 말한다.

어 있었다.

버스 안에 있던 지역 신문의 정보에 따르면 곧 도착할 오페라라는 이름의 보호시설에는 굉장히 많은 수의 노인들이 입주해 있었는데, 직원 수 부족과 편리성 문제로 지금은 일부가 타 지역으로 시설을 옮겼다고 했다.

그러던 와중에 간토 시설로 옮긴 지인의 협력으로 할머니와 검은 고양이의 재회가 이루어지게 된 것이겠지.

보호시설의 문을 열고 들어가자마자 바로 앞에 있는 넓은 거실에서 쇼타로가 노인들과 이야기를 나누고 있었다. 목에 건 사진기로 다양한 사진을 찍고 있었는지, 테이블 위에 사진을 늘어놓고 화기애애하게 이야기하며 즐거워하고 있었다.

내 모습을 본 쇼타로는 "고로 형이랑 야옹이다!" 하고 달려왔다. 검은 고양이 시로(シロ)가 들어 있는 케이지를 슬쩍 받아들고는 "바로 할무니하고 만나게 해줄게" 하더니 케이지를 조심스럽게 옮겼다.

긴 이동으로 지친 나는 물이라도 한 잔 마시고 싶었지만, 할머니와 검은 고양이의 재회 순간을 보고 싶다는 마음으로 쇼타로의 뒤를 따랐다.

쇼타로는 '유키코 씨의 방'이라고 적힌 문을 노크하고는 "할무니! 야옹이 왔어!" 하고 큰 소리로 말했다. 수십 초 정도 기다리자 천천히 방문이 열렸고 중키에 둥글게 말린 백발의 할머니가 나왔다. 유키코 씨라는 이름의 백발 머리 어르신은 쇼타로가 손에 든 케이지를 들여다보고는 떨리는 목소리로 "시로……?" 하고 말했다. 그리고 내 얼굴을 올려다보며 합장하듯 두 손을 모으고 말했다.

"청년이 사이타마에서 시로를 데리고 오느라 어려운 걸음을 하신 분이시지요?"

"네? 아, 네. 그게, 한 사람 더 같이 오기로 했는데, 갑자기 일이 생겨서요. 고리야마 역에서. 그래서 저 혼자 왔습니다."

"그러셨군요. 정말 감사드립니다. 자, 안으로 들어오세요."

간단한 인사를 나눈 뒤에는 주변에 사람이 웅성웅성 몰려와 "유키코 씨, 다행이에요" "시로 얼굴 한번 보자" "얼른 꼭 안아줘요" 하고 다양한 목소리가 날아들었다. 한시도 떼어놓지 않고 같이 살아온 애묘와 재회하게 된 기쁨을 모두가 공유하고 있는 것이다. 여기에 있는 사람들은 마치 가족처럼 유키코 씨와 시로의 재회를 축복해주고 있었다. 또한 이 시설은 동물과의 공존이 허락되기 때문에 주인에게 만의 하나 안 좋은 일이 일어난다 하더라도, 주변에서 도와주는 시스템이 갖추어져 있다고 했다.

나는 유키코 씨가 내준 홍차를 한 입 마시고 케이지에서 시로를 꺼냈다.

시로는 주변을 바라보더니 유키코 씨의 얼굴을 빤히 바라보고는 느긋느긋 무릎 위로 올라갔다. 유키코 씨는 자글자글 주름진 눈꺼풀을 깜빡이며 눈물을 흘렸다.

"미안해……. 그때 같이 데리고 가지 못해 미안해……. 적적했지? 무서웠지? 만나고 싶었단다……. 만나고 싶었어……."

유키코 씨는 몇 번이고 몇 번이고 시로의 머리를 쓰다듬었다. 시로는 기분이 좋아졌는지 눈을 감고 유키코 씨의 무릎 위에서 그릉그릉 목을 울려댔다.

말이 통하지 않아도 서로를 이해할 수 있는 순간이 있다.

민들레 홀씨처럼 둥실둥실 살아온 내가 여든 살의 유키코 씨와 스무 살의 시로가 재회한 이 감동적인 순간을 함께하게 되다니. 인생도 열심히 살고 볼 일이라고 마음속 깊이 느꼈다.

내 안의 무언가가 얼어맞아 움직이기 시작한 기분이 들었다.

지진 이후 계속해서 입원해 있는 아버지의 병문안을 한 번도 간 적이 없는 내 자신이 조금 부끄러워졌고, 동시에, 어머니와 동생이 나간 일을 아버지 탓이라고 제멋대로 정해버리고 마음 한구석에서 아버지를 원망하던 기분과 새삼 마주했다.

내가 원망하는 것은 정말 아버지일까. 어쩌면 어머니의 행방을 찾으려 하지도 않고 그저 버려졌다고 삐뚤어진 채 되는대로 아무렇게나 살아온 나 자신을 원망하고 있는 것은 아닐까.

마음에 뻥 뚫린 구멍을 채워보려고도 하지 않고, 진학도 일도 제대로 선택하지 않고 그저 아무렇게나 살아온 나 자신에게 화가 나 있었던 것은 아닐까.

이런저런 생각을 하는 사이에 유키코 씨 옆방에 사는 사요 할머니가 "나도 안아 보고 싶은데" 하고 말하며 방으로 들어왔다.

사요 할머니도 유키코 씨처럼 지진 피해 때 키우던 애견과 생이별하고는 긴 시간 동안 찾기를 포기하지 않았다고 했다. 어딘가에 살아 있기를 기원하고 있었는데, 무너진 집의 폐자재를 처리하던 중에 집 아래 깔려 있는 모습으로 발견되었다……. 사요 할머니가 무릎에 올라탄 시로를 부드럽게 쓰다듬으며 말해주었다.

"유키코 씨와 다시 만나서 다행이구나. 살아 있는 동안에 유키코 씨의 따뜻한 온기를 느낄 수 있어서 정말 다행이구나."

처참히 변해버린 애견을 떠올린 모양인지 사요 할머니의 눈에 눈물이 차올랐다.

"살아 있다는 건 기적인 게야."

"기적?"

나도 모르게 되묻고 말았다. 그러자 사요 할머니는 천천히 고개를 주억이며 말을 이었다.

"그럼. 만나고 싶은 사람과 만난다는 걸 다들 당연한 거라고 생각하는지는 몰라도, 지금처럼 이렇게 우리가 살아 있는 거나, 소중한 사람이나 반려동물과 다시 만나는 건 절대 당연한 일이 아니야. 죽어버리면 다시는 만나지 못한다는 현실을 도호쿠에 사는 우리는 지긋지긋할 정도로 체험해버렸으니. 그러니까 지금 이렇게 살아 있는 것 자체가 기적인 게 아닐까……. 만나고 싶은 사람과 만나는 것도, 다시 만나고픈 반려동물과 만나는 것도, 모두 기적이라고 나는 생각해."

그러자 사요 할머니와 함께 시로를 쓰다듬던 유키코 씨가 말했다.

"암요, 분명 나랑 시로는 '기적의 붉은 실'이 이끌어준 게 분명해요. 살아 있어서 다행이야……. 이날 이때까지 오늘을 위해, 살아 있어서 다행이야……."

살아 있어서 다행이야──. 그 말이 내 머릿속에 몇 번이고 메아리쳤다.

29년간 살아오면서 살아 있어서 다행이다, 라고 생각한 순간이 있었던가.

두 할머니에 비하면 반도 살지 않았다고는 하지만 인생에 감사하는 기분을 품은 적이 단 한 번도 없지 않은가.

아니, 인생뿐만 아니라 사람과 사람 간의 인연에 감사하거나, 만남의 소중함을 생각하는 등의 '당연한 것'이라는 이름의 기적을 의식한 적이 단 한 번도 없지 않은가.

유키코 씨와 시로가 재회한 기적이 가능했던 것은 간토의 보호시설로 옮겨간 지인이 유키코 씨의 '시로를 향한 마음'을 소중히 했기 때문이 아닐까.

나도 이렇게 다른 누군가를 향한 마음을 소중히 한 적이 있었나.

상냥했던 어머니와 바꿀 수 없는 남동생과 재회하는 기적을 일으킬 수 있을까.

사요 할머니의 무릎 위에서 목을 울리던 시로는 이번에는 쇼타로의 무릎으로 이동했다. 그러자 쇼타로가 말했다.

"할무니, 있잖아. 이 야옹이 깜장인데 왜 이름이 시로(シロ)야?"

분명 여기에 히로무가 있었다면 쇼타로와 똑같은 질문을 했겠지. 시로의 주인인 유키코 씨는 아주 흥미로운 대답을 했다.

"그 이름은 말이지. 내가 지은 게 아니란다."

"응? 정말?"

쇼타로는 어린아이처럼 천진하게 반문했다. 그러자 유키코 씨는 이름이 붙게 된 경위를 말해주었다.

"시로는 말이지. 유명한 도예가네 집 마당에서 태어난 고양이인데, 그 집 부인이 더 이상은 돌봐주지 못하게 되어서 우리 집으로 오게 되었단다. 남편이 살아 있던 시절에 동물병원을 했었거든. 우리 집이라면 받아줄 거라고 생각했을지도 모르지. 어미 고양이를 포함해서 모두 다섯 마리를 맡겼었는데 주변 분들과 나눠서 키우기로 했거든. 나면서부터 한쪽 눈이 불편했던 이 아이는 우리가 돌봐주기로 했단다. 우리 집은 동물병원이니까, 이 아이 눈을 치료할 수 있을지도 모른다고 생각했거든."

여기까지 듣고 나자 내 마음이 두근거리기 시작했다.

도예가네 집 마당에서 태어난 고양이? 어미 고양이를 포함해 다섯 마리 있었다고? 내가 태어나고 자란 집 마당에 살던 검은 고양이와 숫자가 같다……. 어미 고양이는 다섯 마리를 낳았지만 한 마리는 연못에 빠져 죽어버려서, 새끼 고양이는 네 마리가 되었고 어미 고양이를 합하면 모두 다섯 마리…….

뛰어놀던 마당의 풍경이 머릿속에서 펼쳐졌지만, 나는 뭘 어떻게 질문해야 좋을지 몰라 그대로 유키코 씨의 이야기를 들었다.

“그런데 한참 지나서 어떤 여자분이 동물병원에서 일을 하게 되었는데, 그 여자분에게는 아픈 과거가 있었단다…….”

그래서?

나는 마음속으로 맞장구를 치면서 유키코 씨의 이야기에 점점 빨려들었다.

“그 여자분은 어린 아들이 한 명 있었는데, 자기 어머니 간호 문제와 경제적인 문제로 키울 수가 없어져서, 양자로 보냈다고 했지.”

“양자?”

고개를 갸웃거리며 쇼타로가 유키코 씨에게 질문했다.

“그래. 쇼타로가 아는 사람이 시로를 키워준 것처럼 다른 가정에 아이를 맡겨서 키워달라고 부탁하는 거란다. 그 여자분은 입양해온 우리 집 검은 고양이랑 양자로 보낸 아들이 겹쳐 보였는지 자연스럽게 아들 이름으로 고양이를 부르게 되었지.”

“그럼 그 아들 이름이 시로예요?”

“그렇단다.”

유키코 씨가 상냥하게 대답했다.

납득한 모습을 보이는 쇼타로와는 반대로 나의 심장 박

동은 점점 더 높아져만 갔다.

틀림없어……. 그 도예가는 우리 아버지고 또한 유키코 씨네 동물병원에서 일한 사람은 시로(史郎)의 어머니다. 집 근처에 동물병원이 있던 것은 기억하지만 내가 초등학교를 졸업할 때쯤에는 이미 간판이 없어져서 한 번도 들어간 적은 없다.

그건 그렇다 쳐도, 시로(史郎)의 어머니가 그렇게 가까이에서 일하고 있었다니……. 그럼 그녀는 아버지랑 어떤 관계였던 것일까.

쇼타로가 말했다.

"그렇지만 그 사람 아들 이름 이상해. 강아지 이름 같잖아."

"아하하, 그러네. 하지만 시로(しろ)는 본명이 아니란다."

"본명? 진짜 이름이 아니라는 말이야?"

"그래, 진짜 이름은…… 그러니까, 가만있자, 뭐라고 했더라……."

나는 마음속 굳은 확신을 담아 이름을 입에 담았다.

"그 아이 본명은 시로(史郎)죠?"

유키코 씨는 깜짝 놀란 얼굴로 나를 바라보며 말했다.

"시로(史郎)? 아니, 그 이름이 아니에요."

"네?"

“시로(しろ)라는 발음은 사투리예요. 그 여자분…… 그래, 사유리 씨, 사유리 씨 고향은 히로(ひろ)를 시로(しろ)라고 발음하는 특징이 있지요. 그래서 본명은 히로시(ひろし)라고 했…… 아니야, 히로미(ひろみ)였나…… 그러고 보니 이름에 몽(夢) 자가 들어갔던 것 같기도 하고……. 그래, 맞아, 생각났어. 히로무(宏夢)야. 맞아요, 틀림없이 히로무라는 이름이었어요.”

순간 시간이 멈춘 것 같았다. 그리고 나 자신이 지금 어디에 있는지도 알 수 없게 되었다.

어쩌면 시로(史郎)라는 이름은 누가 가르쳐준 것도 아니니까 내 자신이 머릿속에서 마음대로 시로(しろ)를 시로(史郎)라고 바꾸어버린 건지도 모른다. 내 이름에 로(郎) 자가 들어가니 분명 동생에게도 같은 글자가 들어갈 거야, 하는 생각에.

고등학교를 졸업할 때쯤 동사무소에서 등본을 살펴본 적도 있었다. 하지만 거기에는 동생의 이름이 올라와 있지 않았고 그 일을 아버지에게 묻지도 않았다. 이날 이때까지 나는 시로(しろ)의 진짜 이름을 몰랐던 것이다.

망연해하는 내 옆에서 고양이를 쓰다듬고 있던 쇼타로가 말했다.

“히로무라면…… 우리 동네 히로무 형?”

"사유리 씨 아드님을 알고 있니?"

유키코 씨가 되물었다.

"고로 형, 우리 알지?"

쇼타로는 고개 숙인 내 얼굴을 바라보며 확인하려 들었다. 그 광경을 본 유키코 씨는 내 쪽을 보며 말했다.

"고로……? 당신이 혹시 도예가 다케우치 댁 아드님……?"

나는 말없이 끄덕였다.

"그랬구나, 그랬었구나, 이것도 인연이려나……. 옛날 고로 어머니가 맡기셨던 고양이를 이번엔 고로가 직접 데려오다니……. 분명 하늘에 계신 어머니가 맺어주신 인연일 게야."

"하늘에…… 계신 어머니요?"

"아직 젊은 나이였는데…… 어머니가 일찍 돌아가셔서 얼마나 외로웠니? 게다가 그렇게 돌아가실 줄은……. 마음 많이 아팠겠구나."

유키코 씨가 한 말의 의미를 나는 전혀 이해하지 못했다.

어머니는 동생을 데리고 떠났고 그 뒤로 소식을 듣지 못했다. 분명 어딘가 둘이서 잘 살고 있을 것이라 생각했는데, 어머니가 죽었다는 말인가. "그렇게 돌아가실 줄"이라는 말은 도대체…….

*

"시로, 네 엄마 말인데……."

병원 안마당 벤치에 앉아 캔 커피를 한 입 마시자마자 아버지가 옆에 앉아 진지한 얼굴로 이야기를 시작했다.

"아무래도 일단 고향으로 돌아갔었던 모양인데, 지금은 후쿠시마에 있는 모양이다."

"날 버리고 간 어머니 일 따위 알아보지 않아도 돼요."

"전에도 말했지만 사유리는 널 버리고 간 게 아니다. 그때는 도저히 키울 수 없는 형편이었어. 금전적으로도 정신적으로도 여유가 없어서, 언젠가는 같이 살 수 있기를 바라면서 나한테 맡긴 거야."

"고로 형 어머니한테는 민폐도 그런 민폐가 없잖아요. 어느 날 갑자기 정부 아들을 키워달라고 떠맡기기나 하고…… 안 그래요?"

"고로 엄마한테는 미안하기만 하다. 지금도 그래……. 분명 저세상에서도 날 미워하고 있겠지."

"저세상……?"

"응, 고로 엄마는 예전에 죽었어……."

"네?"

"애초부터 몸과 마음이 약해서 병원에 입원했다 퇴원하

기를 반복했는데, 내가 내 맘대로 막 살아서 그런지 완전히 마음이 꺾이고 말았지……. 그리고…… 연못에서 새끼 고양이가 죽었을 때, 고로 엄마한테 뺨을 맞은 거 기억하고 있니?"

"응? 내가 형 어머니에게? 우리 엄마가 아니라?"

"네 어머니는 손을 대거나 하는 사람이 아니었어. 물론 고로 엄마도 평소에는 참 착한 사람이었지. 하지만 연못에 빠진 고로를 눈앞에 두고 자기도 모르게 네 책임으로 돌려서 손을 대고 말았지. 때린 바로 그 순간 고로 엄마는 자기 자신한테서 한계를 느꼈던 모양이다. 고로도 너도 키울 자신이 없어서 너를 시설에 보내고, 그 직후…… 고속도로 육교에서 몸을 던졌어. 가장 나쁜 놈은 난데 말이야……."

나는 지금까지 친어머니에게 학대를 받았다고 생각하고 있었다. 하지만 사실은 딱 한 번, 그것도 내 어머니가 아니라 고로 형 어머니에게 뺨을 맞았던 것이다.

그보다도 고로 형 자신은 자기 어머니가 죽은 것을 알고 있을까.

"그 사실, 고로 형은……."

"아니, 고로는 어머니가 동생이랑 어디론가 떠나서 행복하게 살고 있다고 생각하고 있다. 나는 고로가 나를 미워할까 봐 무서워서 진실을 말하지 못했지. 내가 제일 비겁한 아버지야…….”

아버지는 오랜 세월 마음속에 담아두었던 진실을 목멘 소리로 이야기했다.

이 사람은 비겁한 게 아니라 약한 게 분명하다. 현실과 마주할 용기를 갖지 못해 자신을 잃고, 술로 도망쳐왔던 것이다. 이 사람이 저지른 죄는 간단히 용서할 수 있는 일이 아니라고 생각하지만, 그 일과 관계없이 진실을 고로 형에게 알려줘야 한다. 그렇지 않으면 언제까지나 나처럼 어머니에게 버림받았다고 계속 생각하며 살게 된다. 그러면 얼마나 마음속 구멍이 커지는지, 그 슬픔이 얼마나 큰지, 나는 잘 안다. 형에게 이 이상 괴로운 일이 없기만을 바랄 뿐이다.

“시로, 네 어머니…… 사유리는 10년 정도 전에 간호 복지사 자격증을 따서 지금은 다무라 시내 시설에서 일하고 있다는 것 같다. 결혼도 하지 않고 그동안 독신으로 지내온 모양이야……. 예전에 우리 집에 드나들던 조수 중 한 명이 알려주었다. 어떠냐, 한번 만나러 가보는 건?”

“뭐? 이제 와서 무슨 얼굴로 만나라고? 아이고, 오랜만입니다, 당신 아들입니다, 이러기라도 하라고?”

아니, 잠깐만. 다무라 시내라고 하면 고로 형이 검은 고양이를 전해주러 간 시설이 있는 곳이잖아……. 이런 우연은 또 없다고 생각하지만, 내 친어머니와 딱 마주쳐서 혹시라도 내 이야기가 나오면…… 고로 형은 아버지에게도 나에게도 속았다고 생각할지도 모른다.

"저기, 아버지, 그 시설 이름이……?"

"아마 오페라라는 이름이었던 거 같은데……."

고로 형이 검은 고양이를 데려다주러 간 그 시설의 이름이다…….

친어머니를 만나고 싶다, 만나고 싶지 않다, 선택할 여지가 지금의 나에게는 없는지도 모른다. 당장 가지 않으면 고로 형과 쌓아온 신뢰가 무너져버릴지도 모른다……. 그것만큼은 무조건 피해야 한다.

나는 3년간 속인 모든 사실을 제대로 고로 형에게 밝히기로 결심하고, 아버지가 있는 병원을 나와 오페라로 향했다.

*

검은 고양이의 주인인 유키코 씨는 어른이 된 내게 감추지 않고 진실을 알려주었다.

내 어머니는 이미 이 세상 사람이 아니라는 사실. 그리고 스스로 목숨을 끊었다는 사실. 동생을 데리고 떠났다고 믿고 있었던 과거의 기억은 모두 다른 색으로 칠해졌다. 무엇보다도 아버지가 정부를 임신시켜 태어난 동생 시로(しろ)

가 히로무였다니……. 그 넓은 정원을 함께 뛰어다니던 동생이 히로무였다니……. 왠지 모를 복잡한 감정이 마음 한가운데에서 소용돌이 치고 있었다. 새끼 고양이가 연못에 빠진 그때 어머니에게 뺨을 맞았던 히로무…… 어머니로 인해 미소를 잃었던 히로무……. 다양한 추억과 기억이 주마등처럼 내달리며 교차했다.

애초에 히로무가 이 사실을 알고 있다면 어떻게 생각할까. 방금까지 친구로 지내던 내가 친형이라는 사실을 알게 된다면……. 앞으로 어떻게 얼굴을 마주하고 지내야 할까. 우정에 종지부를 찍은 뒤에 어떤 관계가 남는단 말인가.

이야기에 질린 쇼타로는 유키코 씨의 방을 나가 다시 로비로 향했다.

그런데 도대체 히로무의 친어머니는 지금 어디서 무엇을 하고 있는 거지. 나는 소박한 질문을 유키코 씨에게 던졌다.

“유키코 씨, 히로무의 친어머니는 그 뒤로 어떻게 되었나요?”

“사유리 씨 말이니? 사유리 씨는 도리가 확실한 사람이란다. 가장 어려울 때 도와주셨으니까, 하며 내가 남편을 잃고 동물병원을 닫은 뒤에도 내게 좋은 가정부가 되어주어서 계속해서 우리 집에 다녀주었지. 그리고 10년 정도 전에 간호 복지사 자격을 따서 지금도 계속 내 옆에 있어주고 있단다."

"그 말씀은……?"

"사유리 씨는 이 시설에서 일하고 있지."

그렇게 말한 유키코 씨는 자신의 방문을 열고 복도를 손가락으로 가리키며 말했다.

"저기 보렴. 저 분홍색 앞치마를 한 사람이 사유리 씨야."

복도 쪽으로 얼굴을 내밀어 보니, 커다란 세탁 바구니를 양손으로 든 사람과 눈이 마주쳤다.

쉰 전후로 보이는 히로무의 친어머니 사유리 씨는 하얀 피부도 골격도 옆으로 가늘고 긴 눈도 히로무와 똑같았다. 눈이 마주친 나에게 미소를 지어 보이자 가늘고 긴 눈이 초승달처럼 부드러운 곡선을 그렸다. 그리고 친절한 목소리로 "안녕하세요?" 하고 인사해주었다.

이 사람이 도예가였던 아버지의 조수였고, 정부였던 사람…….

어머니를 죽음으로 몰아넣었다, 고는 말하지 않겠지만, 조금이나마 우리 집 가정을 괴롭게 만든 사실은 변하지 않는다. 하지만 나도 이제 곧 서른이 되는 어른이다. 이제 와서 저분에게 책임을 묻고 싶은 마음은 없다. 혹시라도 여기 히로무가 있다면……. 아무리 밝은 성격의 히로무라고 해도 혼란에 빠질 것이 틀림없다. 버스 정류장에서 따로 움직인

게 다행이라는 생각이 들었다.

그렇게 생각하고 있는데 내 휴대폰으로 히로무에게서 전화가 걸려왔다.

어떡하지…… 이런 복잡한 기분으로 평소처럼 이야기할 수 있을까.

이대로 받지 않는 것도 부자연스러운 일이다.

"여보세요?"

"아, 고로? 저기, 지금 어디야?"

"아직 보호시설에 있는데……."

"아, 그래? 다행이다. 나 지금 막 보호시설 현관에 도착했거든. 잠깐 나올래?"

그렇게 말한 히로무는 전화를 끊어버렸다. 어딘가 모르게 평소보다 목소리 톤이 낮은 기분이 들었지만, 나 혼자만의 착각일지도 모른다. 그건 그렇고 동네 친구들과 한잔한다고 하더니, 왜 여기에……? 머릿속에 물음표가 가득한 채로 나는 시설 밖으로 향했다.

밖으로 나가니 낡은 벤치에 앉아 담배를 피우고 있는 히로무의 모습이 보였다.

"수고했어, 고로."

"어, 응."

아무래도 전처럼 히로무를 보는 게 어려워졌다. 눈앞에

있는 이 녀석이 내 동생이라니, 하는 감정과 어떻게 진실을 전하지, 하는 현실이 뒤섞이고 있었다.

그러자 히로무는 담배를 재떨이에 밀어서 끄더니 천천히 심호흡하며 말했다.

"고로, 미안. 나 고로한테 거짓말하고 있었어."

"거짓말?"

"응, 나 사실은……."

그때 시설 안에서 히로무의 친어머니인 사유리 씨가 나왔다.

"저기, 다 같이 차 한잔하려고 하는데, 괜찮으시면 같이 드시겠어요? 두 분 모두 멀리서 오셨는데……."

"감사합니다. 바로 가겠습니다."

나는 반사적으로 대답하고 히로무 쪽을 보았다. 그런데 히로무는 무언가를 느낀 모양인지 사유리 씨의 뒷모습을 눈으로 좇았다.

"고로, 저 사람, 아마 내 친엄마일 거야."

"뭐? 너…… 알고 있었냐?"

"알고 있었냐고? 고로도…… 알고 있었어?"

우리는 서로의 정보를 교환하면서 모든 진실을 밝혔다.

벤치 옆 재떨이는 우리가 피운 담배꽁초로 가득해졌다.

한 마리의 검은 고양이가 언젠가는 마주해야 할 진실로

향하는 길로 우리를 인도해주었는지도 모른다.

히로무는 마지막 담배를 꺼내 들더니 내게 등을 돌린 채 말했다.

"고로, 나 있지……. 태어나길 잘한 걸까?"

나는 순간 뭐라고 대답해야 할지 몰랐다.

*

20여 년 전, 나는 사랑해서는 안 되는 사람을 사랑하고 말았다.

다케우치 마사히로라는 도예가의 제자를 목표로, 도쿄 시타마치(下町)*에서 후쿠시마의 선생님 자택까지 왔다. 하지만, 그때는 물론 순수하게 도예를 배우고 싶다는 마음뿐이었다.

다행히도 집안일을 돕던 조수가 한 명 그만둔 직후였기에 나는 바로 집안일 담당으로 일하게 되었다.

다케우치 선생님은 화초를 사랑하는 아름다운 사모님과 고로라는 초등학생 아드님이 있었고, 나는 고로에게 책을 읽어주거나 가끔 숙제를 도와주면서 선생님 밑에서 도예

* 도시의 평지에 있는 상업 지역, 번화가.

공부를 거듭했다. 하지만 그런 나날이 흘러가는 사이 나는 사제 관계 이상의 감정을 선생님께 품게 되었다.

물론 마음을 전하겠다는 생각은 하지 않았다. 그랬다가는 조수로 있을 수 없게 되어버리는 데다가, 무엇보다도 처자식이 있는 분에게 그런 감정을 품으면 안 된다고 나 자신에게 다짐했으니까. 하지만 언제까지고 마음을 감출 수는 없었다. 아무리 감추려 해도 감정이 차고 차면 넘쳐흐르는 법이다.

선생님을 향한 마음이 하루하루 깊어가는 것을 억누르지 못해, 선생님 집에서 지내기를 그만두고 근처의 원룸을 빌렸다.

그리고 얼마 안 되어 일어난 일이었다. 내가 감기에 걸려서 선생님 댁으로 한동안 가지 못하는 나날이 이어졌는데, 어느 날, 지역 신문사에서 선생님에게 칼럼을 써달라는 의뢰가 들어왔고 선생님은 그 일로 나와 이야기를 하고 싶다고 했다.

도쿄 시타마치에서 무가지 기자를 했던 경험이 있는 나는 완성된 칼럼을 읽어보고 싶었다. 무가지 일을 할 때 마침 취재를 하러 간 도예 전시회에서 다케우치 선생님의 작품을 만나 도예에 빠져들게 되었다. 그 뒤로 독학으로 도예를 배워 인생 최대의 결심을 굳히고 선생님이 계신 후쿠시마로 떠나왔던 것이다.

칼럼을 읽어봐주기를 바란다는 선생님의 연락을 받고 나는 또 열이 심해지는 게 아닌가 싶을 정도로 동요했지만, 급히 사복으로 옷을 갈아입고는 세 평이 조금 넘는 좁은 원룸으로 선생님을 초대했다.

그 뒤로도 선생님은 가끔씩 완성한 원고를 봐주기를 바랐고, 그러는 동안 우리 사이에는 상식이라는 선로에서 탈선하고 만 관계가 질주하기 시작했다.

사모님과 고로의 얼굴을 볼 때마다 죄책감을 느낀 나는 선생님의 조수를 그만두고 그저 세 평이 조금 넘는 원룸 안에서 선생님이 오기를 기다리는 생활을 이어갔다.

그런 생활이 3개월 정도 지속된 어느 날 도쿄에서 혼자 살고 있던 어머니가 쓰러졌다는 연락이 왔다. 상태가 심각해서 곧바로 수술을 해야 했다.

나는 그 즉시 준비를 마치고 도쿄로 향했다.

어머니는 다행히 수술을 잘 마쳤지만 사지에 후유증이 남았다. 의사는 간호가 필요하다고 진단했고, 나는 후쿠시마로 돌아갈 수 없다는 각오를 해야만 했다. 나는 상식의 선로를 벗어나 탈선해버리고 만 내게 신께서 벌을 내리신 거라고 생각했다.

선생님을 기다리기만 할 뿐인 원룸을 처분한 나는 어머

니의 간호에 모든 시간을 쏟았다. 그리고 선생님과의 관계는 어느 쪽이 끊어내는 일 없이 자연히 끝났다.

간호한 보람이 있었는지 어머니의 몸 상태가 회복의 징조를 보이기 시작할 즈음, 내 배속에 새로운 생명이 깃들어 있다는 사실을 알게 되었다.

혹시, 하는 생각에 진찰을 받은 병원에서 "축하드립니다. 이제 임신 3개월입니다"라는 말을 들었을 때는 어쩌면 좋지, 하는 감정을 뛰어넘은 기쁨이 먼저 찾아왔다. 더 이상은 만날 수 없다고 생각한 사랑하는 선생님의 숨결을 이 아이를 통해 느낄 수 있어…….

다음 해 가을 나는 건강한 남자아이를 출산했다. 출산에 반대하던 어머니도 아기의 얼굴을 보고는 미소를 지었다. 아이의 이름은 선생님의 이름에서 한 글자를 따서 히로무(宏夢)라고 지었다. 히로무는 괴로운 재활을 계속하는 어머니와 이를 뒷바라지하느라 지친 내게 희망이 빛이 되어주었다.

그렇게 2년의 세월이 흘러 완전히 회복한 어머니가 히로무의 육아를 도와주게 되었고 나는 아르바이트를 나가게 되었다.

시타마치에서 자란 어머니는 히로무를 시로무(しろむ)라고 불렀기에 주변에서는 '시로'라고 부르는 게 어느새 별명처럼 되었다.

하지만 그런 평온한 행복도 길게 지속되지 않았다.

히로무가 세 살이 된 겨울, 일흔이 된 어머니가 치매 진단을 받았다. 얼마 전부터 조금 이상하다는 생각은 하고 있었는데, 그러다 단숨에 악화되어 누가 보아도 이상하다고 느낄 만큼 진행되어버렸다.

어릴 때 아버지를 잃은 나는 후쿠시마로 가기까지 죽 어머니와 둘이서 살아왔다. 어머니는 언제나 내 꿈을 응원해주었고 무언가를 배우러 다니는 것도, 학원에 가는 것도 하고 싶은 것은 최대한 지원해주었다. 그러니 나는 될 수 있는 한 어머니에게 은혜를 갚고 싶다고 생각해 다시 한번 어머니를 간호하는 시간들을 보냈다. 그러나 현실은 그렇게 간단하지 않았다. 진찰비나 입원비 등을 충당하려 낸 빚은 부풀었고, 경제적으로도 육체적으로도 아이를 키우기가 어려운 상황을 맞이했다.

나는 부끄러움을 꾹 참고 다케우치 선생님에게 편지를 썼다. 히로무를 출산한 일, 어머니의 간호를 해야만 하는 상황, 그리고 빚이 부풀어버린 일까지…….

선생님은 될 수 있는 한 빨리 도와주고 싶다고 했고, 가끔씩 도쿄를 방문할 때마다 히로무랑 놀아주기도 했다.

인생에서 후퇴하는 감각에 사로잡혔지만 그때의 나는 선

생님에게 매달리는 것 말고는 살아갈 방법이 없다고, 이 방법뿐이라고 스스로에게 말하면서 어찌 되었든 매일매일 온 힘을 다해 살았다.

그러던 겨울 어느 날, 선생님이 히로무를 데려가고 싶다고 했다.

현실적인 문제로 이대로는 어머니의 간호와 히로무의 육아를 동시에 진행하는 것이 어려웠다. 어머니를 시설에 맡긴다고 하더라도 금전적인 여유가 없었고, 그렇다고 히로무를 양육 시설에 맡기는 것이 과연 옳은 선택인지 확신이 들지 않았다. 나는 고민에 고민을 거듭한 끝에 선생님 댁에 히로무를 맡기기로 결심했다. 가족분들이 인정해줄지 묻자 선생님은 괜찮다고만 했다. 나는 히로무의 행복을 생각하면 큰 집에서 마음 편히 사는 것이 훨씬 나을지도 모른다고 생각했다. 내 곁에 있어도 돌봐줄 시간은 거의 없었고, 책을 읽어주는 것조차 불가능했다.

무엇보다도 다케우치 가문에 가면 피가 통하는 형도 있었다. 고로는 마음이 따뜻하니 히로무를 귀여워해줄 것이 분명했다. 내 멋대로, 나 좋은 대로만 생각했지만 그때는 정말 그렇게 생각하는 수밖에 없었다.

나는 히로무를 다케우치 선생님에게 맡기기로 했다. 언젠가 다시 함께할 날을 전제로 해, 양자가 아니라 잠시 맡기는 형식으로 이야기가 정리되었다.

그리고 히로무가 세 살이 되던 해의 크리스마스이브에 선생님은 히로무를 데리러 왔다. 나는 마지막으로 히로무를 꼭 안아주었다. 이 따스함을 히로무가 절대 잊지 않기를 기도하면서 나는 꼭 안아주었다.

그렇게 반년이 지났고, 어느 날 나는 히로무의 얼굴을 보고 싶다는 생각에 하루만 어머니를 보호시설에 맡기기로 했다.

당일 간호 복지사분에게 어머니를 맡긴 나는 아주 조금이지만 모아둔 돈으로 야간 버스표를 구입해 히로무가 사는 다케우치 선생님 댁으로 향했다.

아침에 살짝 마당을 바라보니 넓은 연못 가까운 곳에서 검은 새끼 고양이를 귀여워하는 히로무의 모습이 보였다.

"시로……."

나는 눈물이 넘쳐흘렀다. 꼭 안아주고 싶은 마음을 참기 힘들었다. 하지만 내 멋대로 갑자기 얼굴을 보이거나 하면 히로무가 혼란스러워할 게 분명했다. 마음속으로 '보기만 해야 해. 보기만 해야 해' 하고 다짐하다가 도쿄로 돌아왔다.

그로부터 1년 뒤 어머니는 급성 뇌졸중으로 세상을 떠났다. 갑작스러운 이별이었다. 혼자 남겨진 나는 앞으로의 인생을 어떻게 살아가야 할지 생각했다. 지금까지는 오늘 하루 어떻게 살아남을까, 말고는 생각할 수 없는 시간들이었기에 갑자기 혼자 남게 되자 당장 앞으로의 일이 막막했다.

한동안은 마음에 큰 구멍이 뚫린 채 그저 되는대로 일을 했다. 동시에 히로무에 대한 그리움이 부풀어 올랐다.

유복하게 키우지는 못하겠지만, 지금이라면 히로무를 데려올 수 있을지도 모른다…….

어머니의 납골을 무사히 끝낸 뒤 나는 결심을 하고 다케우치 선생님에게 전화를 걸었다. 그러나 수화기에서 들려오는 소리는 현재 사용되고 있지 않은 번호라는 전자음뿐이었다.

분명 히로무도 함께 새로운 환경에서 사이좋게 가족으로 살고 있을 거야…….

다케우치 선생님에게서 오는 연락이 최근 몇 개월 동안 끊겨 있었지만, 무소식이 희소식일 거라고 내 멋대로 생각하고 있었다. 아마도 지금의 현실은 나 자신에게 편한 대로만 생각해온 것에 대한 벌인지도 모른다.

아니, 언젠가 히로무와 함께 살게 될 거라는 생각은 나 자신에게 있어 희망의 빛이기는 했지만 애초부터 어쩌면 그 자체가 내 멋대로 바라는 일이었는지도 모른다…….

어머니도 먼저 떠나고 아들의 행방도 알 수 없게 된 나는 세상에 홀로 남겨진 기분이 들었다.

이대로 도쿄에서 혼자 살아가는 것은 너무나 고독한 일이었다……. 적어도 히로무의 숨결을 느낄 수 있는 후쿠시마에서 살자고 나는 생각했다.

후쿠시마로 이사 간 뒤 새로운 일거리를 찾는 김에 다케우치 선생님 댁에 몰래 찾아갔다. 그런데 집은 이미 팔려버렸고, 사람이 사는 기색은 보이지 않았다.

버려졌다는 생각에 휩싸이면서 비틀비틀 걷고 있는데 작은 동물병원 앞에 '아르바이트 모집'이라고 적힌 종이를 발견했다.

현관 앞에는 한쪽 눈이 불편한 검은 고양이가 능숙하게 털을 정리하고 있었다. 나는 히로무가 다케우치 선생님 댁 마당에서 새끼 고양이를 귀여워하던 일을 떠올렸다. 나도 모르게 동물병원으로 들어가 일자리를 찾고 있다고 말했다. 어머니의 간호를 했었기에 뒷바라지하는 일은 익숙하며, 예전에 후쿠시마에서 살았고, 언젠가 아들과 함께 살기 위해 돈이 필요하다고 말하자, 동물병원 사모님이 말했다.

"우리 집이라도 괜찮으면 한번 해볼래요?"

그날부터 나는 다시 태어난 기분으로 일에 몰두했다.

그러던 어느 날 병원에서 기르고 있는 검은 고양이가 화제에 올라 여기에 온 경위를 듣고 깜짝 놀라고 말았다.

"이 아이는 유명한 도예가 선생님 댁 마당에서 태어난 고양이인데, 그 집 사모님이 더 이상 돌봐주지 못하게 되어서 우리 집으로 오게 되었어."

도예가 선생님 댁 마당……? 나는 선생님 댁 마당에서 새끼 고양이를 귀여워하던 히로무의 모습을 다시 떠올렸다.

이 검은 고양이는 다케우치 선생님의 사모님이 보낸 고양이야……. 그렇다면 내가 몰래 히로무를 보러 간 날 히로무가 귀여워하던 바로 그 고양이인 거야.

"시로……."

나는 한쪽 눈이 불편한 검은 고양이를 들어 살짝 안아주었다. 마치 그 아이를 통해 히로무의 체온을 느낄 수 있기라도 한 것처럼.

그 모습을 보고 있던 동물병원 사모님 유키코 씨는 내 등을 살짝 쓰다듬어주면서 내 마음속 깊이 감추어두었던 모든 사정을 들어주었다. 상식이라는 이름의 선로에서 탈선해버린 사랑에서부터 등에 업었던 고통들……. 그러자 유키코 씨는 다케우치 선생님의 집이 팔리게 된 경위를 알려주었다. 다케우치 선생님의 사모님이 자살한 뒤로 선생님이 일을 손에서 놓고 술에 빠져 지내게 되었으며, 집을 팔지 않으면 안 되게 되었다는 이야기까지……. 나는 나 자신을 책망하지 않을 수 없었다. 분명 사모님은 히로무를 받아들이는 일 때문에 상상도 하지 못할 마음의 고통을 안아야 했던 게 분명했다.

나는 이대로 살아도 괜찮을 걸까…….

검은 고양이를 안고 눈물을 흘리는 내 등을 유키코 씨는 계속해서 따뜻하게 쓰다듬어주었다.

그리고 그런 과거를 포함한 내 인생을 있는 그대로 전부 받아들여주었다.

검은 고양이는 '구로(くろ)'*나 '야옹이'처럼 특정한 이름이 없었기에 '시로(シロ)'라고 부르는 것을 허락받았고, 한쪽 눈의 치료를 계속하면서 소중하게 길렀다.

그로부터 몇 년이 지나, 동물병원 원장인 유키코 씨의 남편분이 세상을 떠났다. 두 부부는 나를 친딸처럼 생각해주었기에, 이번에는 내가 유키코 씨를 지킬 차례라고 생각했다. 그래서 혼자 남게 된 유키코 씨와 함께 살기로 결심했다. 슬픔의 밑바닥에서 나를 구해준 유키코 씨에게 효도하는 기분으로 극진히 모시자고 생각했다.

후쿠시마로 이사 간 지 10년이 되어갈 때쯤, 나는 어머니를 간호하던 때의 경험을 살려 간호 복지사 자격증을 땄다. 그 뒤 얼마 안 되어 일어난 일이었다. 우리가 사는 도호쿠에서 거대한 지진이 일어나 수없이 많은 집이 무너졌다. 그때

* 일본어로 '검은색'이라는 뜻이다.

피난소에 동물을 데리고 가지 못하게 되어 있었기에 어쩔 수 없이 검은 고양이 시로를 두고 피난 가야만 했다. "꼭 다시 데리러 올게" 하고 시로에게 말을 건네면서 머리를 쓰다듬어준 뒤 나와 유키코 씨는 몇 번이고 뒤돌아보며 피난소로 향했다.

하지만 며칠 뒤 유키코 씨와 함께 집으로 돌아가 보니 시로의 모습이 보이지 않았다. 몇 날 며칠을 찾아다녔지만 찾을 수 없었고, 우리는 망연자실했다. 그리고 오직 시로가 살아 있기만을 빌고 또 빌었다.

피난소 생활이 한동안 계속되던 어느 날, 유키코 씨는 보호시설에 가기로 결심했다. 내게 있어서는 어머니 같은 존재인 유키코 씨와 떨어지고 싶지 않았던 나는 유키코 씨가 입주하는 보호시설에서 간호 복지사로 근무하기로 했다.

유키코 씨와 함께 보호시설에서 살게 된 지 3년의 세월이 흘렀다.

지진 피해가 남긴 흉터는 아직도 흉측해서 시설도 인력 부족이나 주위 환경의 사정으로 인해 축소하지 않을 수 없었고, 입주자들은 간사이나 간토로 나뉘어 떠나게 되었다.

그 때문에 시설을 떠나게 된 입주자들과 송별회를 하기로 했고 인터넷으로 파티용 요리를 찾던 도중에 간토에서 요리 교실을 하고 있는 가도쿠라 씨의 블로그를 발견하게 되었다.*

가도쿠라 씨의 요리는 잡지에도 몇 번 소개된 적이 있어서 나는 그녀의 블로그를 열심히 읽었다.

그런데 가도쿠라 씨 아드님이 찍은 사진 중에 시로와 똑같이 생긴 검은 고양이가 찍힌 사진이 있었다.

블로그 글을 읽어보니 요리 교실 학생들이 참가한 분양회에서 한쪽 눈이 불편한 검은 고양이를 양도받기로 했다고 했다. 놀라운 일은 그뿐만이 아니었다. 파친코 가게 앞에서 가도쿠라 씨 아드님과 함께 갈색 머리 남자가 손으로 V 자를 그리고 있는 사진도 있었는데, 그 아래에 '젤루 친한 히로무 형'이라고 적혀 있었다.

히로무……? 여기 찍힌 이 청년이 내 아들…… 히로무?

이런 우연한 일이 있을 리가 없다고 의심한 나는 다른 페이지에 올라와 있는 사진도 확인했다. '고로 형과 히로무 형'이라는 제목의 사진이 있었고, 눈앞의 이 청년이 분명히 내 아들 히로무라는 사실을 확인했다. 게다가 형제 둘이 지금도 사이좋게 지낸다는 사실이 너무도 반가웠고 즐거웠다.

나는 이 순간을 기적이라고 느꼈다. 생이별한 히로무는 간토에서 건강히 잘 지내고 있었던 것이다…….

* 일본은 결혼하면 보통 여성이 남성의 성을 따른다.

10여 년 전 크리스마스이브 날 마지막으로 꼭 안아주었던 그때 히로무에게서 느꼈던 따스함을 되새겼다.

만나고 싶다.

한 번만이라도 좋으니, 히로무와 만나고 싶다.

어떻게든 내가 누구인지 들키지 않고 만나는 방법은 없을까.

생각을 거듭하며 가도쿠라 씨 블로그를 읽어나가던 도중 고로가 일하는 파친코 가게 앞에 '입양 부모 찾기 노트'라는 게 있다는 사실을 알게 되었다.

나는 이거야, 하고 생각했다. 곧바로 간토에 살고 있는 유키코 씨의 친구분에게 부탁드려 파친코 가게 앞에 있는 노트에 검은 고양이 시로의 사진과 자세한 정보를 게재해달라고 부탁했다. 어떻게 해서든 검은 고양이 시로가 우리 모자를 다시 만나게 해주기를 바랐다.

며칠 뒤 '입양 부모 찾기 노트'를 관리하고 있는 유미코 씨라는 여성에게서 전화가 걸려왔다.

"찾으시는 검은 고양이의 배가 반달곰처럼 하얀색인지요?" 하고 물어서 나는 바로 "네!" 하고 대답했다.

그리고 오늘 시로 사진을 손에 쥔 가도쿠라 씨 아드님이 시설에 도착했다.

사진을 보고 우리는 시로라고 확신했다. 그리고 몇 시간

후에는 시로를 데리고 두 젊은이가 방문한다는 연락을 받았다.

곧바로 가도쿠라 씨의 아들 쇼타로에게 이를 전하자 고로 형과 히로무 형이라고 했다.

나는 시로에게 감사했다. 히로무를 다시 만난다……. 게다가 헤어져버린 바로 그날인 크리스마스이브에……. 시로가 히로무를 다시 만나게 해준 거야……. '기적의 붉은 실'을 시로가 맺어준 거야……. 나는 세차게 뛰는 심장 박동을 억누르기 힘들었다.

몇 시간 뒤, 어엿한 어른이 된 고로가 혼자서 찾아왔다. 당연한 일이지만 나를 기억하지 못하는 눈치였다. 동행한 히로무와는 고리야마 버스 정류장에서 따로 움직이게 되었다고 이야기했다. 인생이란 내 맘대로 되는 게 아니지……. 그렇게 포기하고 일을 하고 있는데 갈색 머리에 마른 젊은이가 시설 입구에 서 있는 모습을 보았다.

시로(しろ)야…….

틀림없어, 내 아들…… 히로무야…….

시설 밖에서 고로와 함께 담배를 피우는 모습은 어딘가 모르게 아버지 다케우치 선생님과 닮아 있었다. 도대체 어떤 얼굴을 하고 만나면 좋을까. 이대로는 시로(シロ)를 전해주고 가버릴 거다. 그래서는 기껏 인연을 이어준 시로(シロ)

에게 면목이 없다.

나는 아무렇지도 않은 얼굴을 하고 두 사람에게 말을 걸었다.

"저기, 다 같이 차 한잔하려고 하는데, 괜찮으시면 같이 드시겠어요? 두 분 모두 멀리서 오셨는데……."

심장 소리가 들릴 것처럼 가슴이 뛰었다.

그리고 시설 입구 문을 닫은 뒤, 나는 곧바로 물을 끓이러 갔다.

*

"고로, 나 있지……. 태어나길 잘한 걸까?"

히로무의 질문에 대답하지 못한 채, 우리는 시설 안으로 들어왔다.

나는 무엇을 망설인 것일까. 당연하지, 하고 왜 말해주지 못했을까. 히로무가 태어난 게 죄는 아니다. 나도 잘 안다. 하지만 동생은 어머니와 행복하게 살고 있을 거라 생각했던 것이 다른 색으로 칠해졌고, 내 마음속 귀여운 남동생의 존재가 변하기 시작했다는 사실도 분명했다.

어머니가 스스로 목숨을 끊은 가장 큰 원인은 도대체 무엇이란 말인가. 넓은 마당에서 화초에게 물을 줄 때 어머니는 언제나 미소 짓고 있었다. 지금 생각해보면 히로무가 우리 집으로 오고 나서부터 어머니의 미소가 사라졌다고도 할 수 있다. 아니, 원인을 만든 것은 불륜으로 아이를 임신시킨 아버지니까, 역시 히로무에게는 죄가 없다. 친구로서도, 형제로서도 히로무는 좋은 놈이다. 내 과거가 바뀐다고 해도 히로무라는 인간은 변하지 않는다.

그렇다면 나는 무엇을 고민하고 있단 말인가. 히로무를 용서할 수 없는 것이 아니다. 나는 내 운명을 용서하지 못하고 있는 것이 아닐까.

자문자답을 반복하면서 식당 의자에 앉아 히로무의 어머니 사유리 씨가 내온 따뜻한 녹차를 마셨다.

누가 나쁜 걸까. 가족을 뿔뿔이 흩어지게 만든 것은 누구일까.

여전히 답을 내지 못한 채, 옆에서 차를 마시는 히로무의 옆얼굴을 살짝 보니, 역시 어머니 사유리 씨와 눈매가 많이 닮았다. 히로무가 바라보고 있는 것은 입주자들과 이야기를 나누는 사유리 씨의 모습이었다.

일상적인 대화를 나누면서 오자미 놀이를 하거나, 종이접기를 하면서 초승달 같은 곡선을 그리는 상냥한 눈으로 모두와 대화를 나누고 있었다.

차를 마시던 히로무가 갑자기 일어나더니 사유리 씨 쪽

으로 걸어갔다. 그리고 방석에 앉아 있던 사유리 씨의 등 뒤에서 말했다.

"뭐야……. 좋은 사람이었잖아, 아줌마?"

"네……?"

마르고 작은 체구의 사유리 씨는 히로무를 올려다보며 말을 잇지 못했다.

"완전 인간 망종이면 차라리 좋았을 텐데……."

나는 히로무가 무슨 말을 하고 싶은 건지 이해가 안 갔다.

"왜 그렇게 생각해요?"

사유리 씨는 히로무가 자신이 어머니라는 사실을 알고 있음을 눈치챈 모양이었다. 냉정한 목소리로 히로무에게 물었다.

질문을 받은 히로무는 화난 것인지 슬픈 것인지 알 수 없는 표정으로 담담히 말했다.

"아니, 솔직히 까놓고 말해서, 아깝잖아. 날 버린 엄마란 사람이 이렇게 좋은 사람이면 어릴 때 더 같이 놀아줬다면, 같이 보냈다면, 하고 꿈이 부풀어버리니까……."

"시로……."

"도대체 어떻게 그렇게 따뜻한 눈으로 웃을 수 있는 건데? 왜 그렇게 주변 사람들한테 사랑받는 건데? 우리 엄마는 사상 최고의 쓰레기가 아니면 안 된다고! 그렇지 않으면…… 그렇지 않으면 원망하려야 할 수가 없잖아!"

20년간 쌓아온 감정을 토해낸 히로무는 커다란 눈물방울을 흘렸다.

어머니인 사유리 씨도 펑펑 울면서 말했다.

"미안해…… 시로…… 널 버려서 미안해…… 날 원망해도 좋으니까……."

양손으로 얼굴을 감싸고 울면서 무너져버린 사유리 씨를 향해 히로무가 말했다.

"난 그쪽 원망 안 해."

"……!"

"지금까지는 복수하겠다는 마음으로 살아왔지만 난 이제 그쪽 원망 안 해."

"……왜?"

"원망하면 지는 거라는 걸 알았으니까. 원망하며 살면 난 나답게 살지 못해. 남의 인생에 휘둘리기만 하는 인간은 되고 싶지 않으니까, 나는 그쪽 원망 안 해. 그리고……."

"……그리고?"

"딱 하나, 그쪽한테 고마운 것도 있거든."

"……."

"날 꼭 안아준 적 있었지?"

"세 살 때…… 크리스마스이브……."

“그때 와, 씨, 진짜 따뜻하다고 생각했거든. 나 있지, 이제 그만 살자, 하고 생각한 적도 있는데, 그래도 그때 그 따뜻함을 생각하면 이상하게 힘이 나더라고, 그래서 아무리 슬프고 힘들어도 넘어설 수 있었어. 그러니까, 그런 쩌는 파워를 준 거는 감사하고 있으니까…… 그래서…….”

“시로…… 그날 일 기억하고 있었니? 그날 내가 꼭 안아준 걸……. 나야말로 그때 받은 따스함이 날 지금까지 버티게 해주었어. 똑같은 생각을 하고 있었을 줄은……. 고맙구나, 기억하고 있어줘서 고마워…….”

히로무는 사유리 씨 옆에 웅크리며 어깨에 손을 올리고 이렇게 말했다.

“난 그쪽 용서해. 그러니까 그쪽은 그쪽 인생을 살면 된다고 봐. 난 내 인생 알아서 살 테니까……. 알았지, 엄마?”

초승달 같은 눈에 부드러운 미소가 걸린 히로무는 역시 사유리 씨와 꼭 닮았다.

사유리 씨를 두 팔로 꼭 안아주고, 20년 만의 따스함을 서로 나누었다.

원망하면 지는 것. 그 말이 내 머릿속에서 빙글빙글 맴돌았다.

방석에서 일어난 히로무가 다시 한번 사유리 씨 쪽을 보며 말했다.

"아, 맞다, 맞다. 하나 빼먹었네, 말하는 거."

눈물을 닦은 사유리 씨가 히로무를 올려다보았다.

"나를…… 낳아줘서 고마워. 나 같은 건 안 태어나는 게 차라리 나았다고 몇 번을 생각했었는데, 고로를 만나고 나서 내 인생도 쓸모없는 건 아니라고 다시 생각하게 되었어. 고로에게 나는 복잡한 존재일지는 몰라도, 그래도 역시 나한테는 나이를 몇 살을 먹어도 가장 좋아하는 '형'인 것 같아. 세상에 단 한 명뿐인, 피가 이어진 친구라고나 할까. 그런 초 쩌는 형이랑 만난 것도 다 그쪽이 날 낳아준 덕분이니까……."

나는 마음속에서 뜨거운 무언가가 솟구쳐 오르는 것을 느꼈다.

잘못을 저지르지 않는 인간 따윈 없다.

다른 사람을 용서하고, 다른 사람에게 용서받으며, 우리들은 살아가고 있는 거다.

"히로무, 내가 한마디 보태도 될까?"

"뭔데, 고로?"

"너 언제까지 고로라고 부를 셈이냐?"

"형……."

히로무는 평소처럼 까불이로 돌아와 내 어깨 위에 머리를 기댔다.

우리의 인생은 어쩌면 마이너스에서 출발했는지도 모른다. 하지만 절대 불행하지 않다. 오히려 모두가 당연하다고 느끼는 행복을 몇 십 배, 몇 백 배 더 행복하다고 느낄 수 있게 되었다. 억지 부리거나 아닌 척하려는 게 아니라, 나는 마음속 깊이 그렇게 느꼈다.

고양이를 만지지 못했던 히로무가 검은 고양이 시로를 안아 올리고 살며시 쓰다듬으며 말했다.

"너 이렇게 컸구나. 그때 연못에서 네 형제를 구해주지 못해서 미안해……."

시로는 마치 말이 통하기라도 하듯 천천히 눈을 깜빡여 보였다.

이 세상에 태어난 기적.

오늘을 사는 것도 기적.

사람은 왜 태어난 것일까.

사람은 왜 살아야만 할까.

작디작은 인간이 뭘 할 수 있단 말인가.

슬픔의 밑바닥을 헤매던 우리는 고양이에게 소중한 것을 배웠다.

지금 이 순간 최선을 다해 살면 우리는 기적을 일으킬 수 있다는 사실을…….

슬픔의 밑바닥에서 고양이가 가르쳐준 소중한 것

개정판 1쇄 인쇄일 2024년 3월 6일
개정판 1쇄 발행일 2024년 3월 20일

지은이 다키모리 고토
옮긴이 손지상
펴낸이 정은영
편집 방지민 최찬미
디자인 연태경
마케팅 최금순 이언영 연병선
윤선애 이유빈 최문실 최혜린
제작 홍동근

펴낸곳 ㈜자음과모음
출판등록 2001년 11월 28일 제2001-000259호
주소 10881 경기도 파주시 회동길 325-20
전화 편집부 (02)324-2347, 경영지원부 (02)325-6047
팩스 편집부 (02)324-2348, 경영지원부 (02)2648-1311
이메일 munhak@jamobook.com

ISBN 978-89-544-5032-4 (03830)